Where the Dragon's Rain Falls

Where the Dragon's Rain Falls

2

summer

Aus dem Koreanischen von Jessica Walther

Inhalt

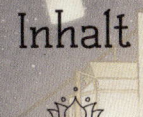

Kapitel 10 ⋯ 006

Kapitel 11 ⋯ 034

Kapitel 12 ⋯ 062

Kapitel 13 ⋯ 092

Kapitel 14 ⋯ 120

Kapitel 15 ⋯ 146

Kapitel 16 ⋯ 172

Kapitel 17 ⋯ 200

Kapitel 10

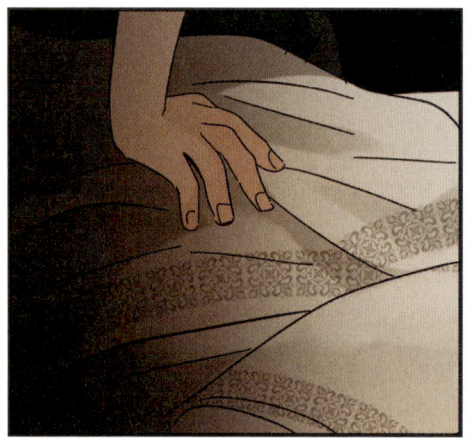

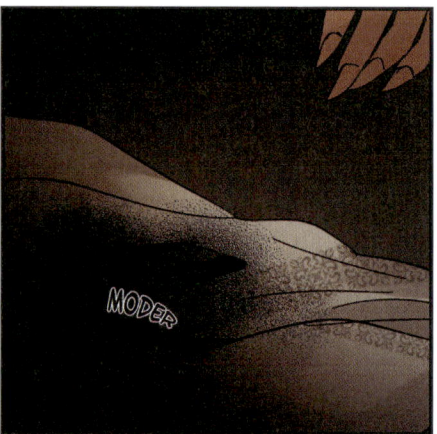

MODER

... und der Lotus*...

... sollen ganz verschiedene Pflanzen sein.

Wisst Ihr, worin sie sich unterscheiden?

Erleuchtet mich doch mit Eurer Weisheit, mein Herr.

* Suryeon steht im Koreanischen für Wasserlilie und wird mit dem gleichen chinesischen Schriftzeichen wie Lotus geschrieben.

Der Lotus streckt seine Wurzeln oberhalb der Wasseroberfläche aus...

... während die Blüten und Blätter von Suryeon, der Wasserlilie, auf dem Wasser treiben.

Ach, so ist das. Wirklich faszinierend.

Und du bist wirklich faszinierend gut darin, andere zu besänftigen.

Das soll ein Kompliment sein, oder? Ich danke Euch.

Nun... Du bist wirklich zu raffiniert, um deine Unschuld an jemanden wie Heo von Jugang zu verschwenden.

Stimmt.

Selbst Menschen haben ihren Preis.

Vor allem wenn es um die eigene Unschuld geht, diese kann man ja nur einmal im Leben hergeben.

Es wäre also äußerst dumm, sie nicht an den Höchstbietenden zu vergeben.

Dann sag mal...

... wie viel hast du dafür bekommen?

Mit Verlaub, mein Herr...

... mein Körper zumindest ist noch von reinster Unschuld!

Das glaube ich kaum.

Wirklich. Bis jetzt wurden mir noch keine annehmbaren Konditionen geboten.

Normalerweise hat der Herr das Recht dazu, dem eigenen Sklaven die Unschuld zu nehmen, weshalb man als Sklave kaum ablehnen kann...

Jedoch habe ich als freier Bürger im Haus der Heos gearbeitet.

Sieht so aus, als hättest du recht hohe Ansprüche.

Weshalb bohrt Ihr denn immer noch weiter nach?

Nun... Gibt es irgendwelche Einschränkungen, wie viele Male man sich vergnügen darf?

Oder irgendeine Regel zur Einschränkung der Zeit?

Moment mal... I...Ich muss mir das noch mal überlegen.

Hahaha, Suu, du bist wirklich, wie soll ich sagen...

Du bist wirklich unvorhersehbar.

Jedoch...

Es gibt auch Menschen auf der Welt, die sich einfach nehmen, was sie begehren.

... solltest du wissen, dass du bis jetzt einfach nur außerordentliches Glück hattest.

SSSST

Deine kleinen Regeln werden also bedeutungslos, wenn die Leute sich nicht an die Grundlagen des Handels halten.

Was ist,
wenn du dich zu dem
Handel entschließt, aber
dabei auf einen durch-
triebenen Taugenichts
triffst?

Oder du in einer
dunklen Gasse von
einem Räuber mit
einem Messer be-
droht wirst?

Oder dem
Kaiser begegnest,
dem alles in diesem
Reich gehören
muss?

Oder wenn
es jemanden gibt,
der an nichts auf der
Welt Interesse hat,
außer dich zu
besitzen?

Was
machst du
dann?

Nun
ja...

Ich würde vermutlich fliehen, oder nicht?

Lord Jin.

Verzeih,
dass ich mich
hier unerlaubt
zeige.

Aber
Prinz Sahara
ist vor kurzem
erwacht.

Ihr beide
solltet schleunigst
zum Schrein
zurückkehren.

21

... ist hier
los?

Ich meine,
Baekah.

Ja?

Erklär
mir diese
Situation
hier.

Hee...

Mit
erklären
meinst
du...

SCHIEL

Verzeih... Ich habe die von dir auferlegte Aufgabe nicht richtig erfüllt und damit eine große Sünde begangen. Bitte erlaube mir, von meinem Posten zurückzutreten.

?

Der Kerl will einfach nur den Festtag zu Hause verbringen und mault jetzt hier rum.

...

Ihr zwei sollt mir erklären, was hier los ist.

Wie du aufgetragen hast, habe ich den schlafenden Prinz Sahara bewacht...

... als plötzlich eine Wespe von... dieser Größe etwa... in das Gemach eingedrungen ist.

Der Prinz ist vor Schreck aufgewacht, und da der Gegner so stark und flink war...

... haben wir uns ganz darauf fokussiert, anstatt auf unsere Umgebung zu achten.

Hach, was es nicht alles gibt, habe ich recht?

Diese haltlose und halbherzige Geschichte kauft Ihr ihm doch nicht etwa ab, oder?!

Ach, Suu, es tut nichts zur Sache, ob du es glaubst oder nicht.

Die Wahrheit bleibt die Wahrheit.

Außerdem solltest du gerade andere Prioritäten haben.

Wääh!

Khoff, khoff!!!

STRAMPEL STRAMPEL

BOX BOX

Weint noch stärker

Ich wollte gerade zu ihm, auch wenn Ihr nichts gesagt hättet.

Gut, wir verlassen uns ganz auf dich.

Prinz Sahara, ich bin hier. Geht es Euch gut?

Wääh...

Ihr wart bestimmt sehr überrascht, weil ich ohne Eure Erlaubnis fortgegangen bin. Bitte verzeiht mir.

KLAMMER

War er schon immer so stark?

Hnng...

Hick, hick...

KLAMMER

Seht mich bitte an, Eure Hoheit.

Prinz Sahara.

Wollt Ihr nicht sehen, was ich Euch mitgebracht habe?

Wow! Was könnte das nur sein?

Ich habe das extra für Euch mitgebracht, wollt Ihr es denn nicht?

Nun, da kann man wohl nichts machen, dann werde ich es eben selbst behalten.

ZUCK

Hick...

SACHTE

Was ist es...?

Tada!

Wann hat er das nur wieder aufgesammelt?

Frag lieber nicht. Als du schon vorgegangen bist...

Das geht nicht! Man kann ein schreiendes Kind nicht ohne die richtige Ausrüstung beruhigen!

Selbst wenn es nur irgendwas Nutzloses ist, kann man nicht mit leeren Händen auftauchen!

Ihr habt so eine Blume bestimmt noch nie gesehen, oder?

Aber das ist doch nur eine stinknormale Cornusblüte...

Kyaaa!!!

Hahahaha! Das kitzelt!!!

Hahaha, lass das!!!

Nehmt das!

27

...

Kitzel, kitzel, kitzel!

Hahahaha! Aufhören!!!

Suu.

HEHE

Die Lage scheint sich beruhigt zu haben, daher werde ich mich jetzt zurückziehen.

Oh, natürlich. Vielen Dank, dass Ihr heute den kleinen Ausflug möglich gemacht habt.

Ich werde schon bald Leute vorbeischicken, um die kaputten Sachen zu ersetzen.

Dann ruh dich mal gut aus.

LÖS

Oh, wartet...

Lord Jin! Wartet kurz!

Ähm...

Das hier... sollte ich Euch lieber wieder zurückgeben. Ihr benötigt das im Moment mehr als ich...

Die Person, der ich das eigentlich geben wollte, war gar nicht so stark verletzt und ist schon wieder gesund.

Außerdem duftet es nicht nur gut, sondern scheint auch äußerst kostbar zu sein...

Ich kann so etwas Wertvolles einfach nicht annehmen.

Ganz zu schweigen von der Gravur auf dem Deckel...

Aufgrund des Festtages werde ich in nächster Zeit nicht mehr so oft vorbeischauen können.

STREICH

Sie hat ihn auch Lord Jin genannt...

Hier herrscht eindeutig die strikte Hierarchie unter Kriegern.

Aber trotzdem scheinen die drei so vertraut zu sein, dass sie sich sogar gegenseitig duzen... Sie kennen sich wohl schon lange.

Da fällt mir ein, die Frau hat auch zwei Wachen befehligt, als sie mich hierhergebracht hat.

Dann muss auch der Mann namens Baekah von Adel sein.

Alle drei kommen mir jedoch nicht vor, als würden sie vom Bauernadel abstammen...

Schlaft Ihr, Eure Hoheit?

Die Familie Jin muss wohl mächtiger sein, als ich zuerst annahm.

Suu...

Du riechst nach der Außenwelt...

Wirklich?

Oh, vielleicht habe ich zu lange unter dem Cornusbaum gestanden.

Nein... Das ist es nicht.

Du riechst nach Suryeon.

Suu.

Du wirst es bereuen, wenn du Suryeon dein Herz schenkst.

Suryeon ist ein wirklich schlechter Mensch.

Was meint Ihr damit, dass ich ihm mein Herz schenke?

SCHNUPP

Er ist böse, ganz, ganz böse.

Da bringt es auch nichts, wenn du dir später die Augen ausheulst.

Wo habt Ihr denn so einen Ausdruck schon wieder gelernt?

Hach... Was machen wir nur mit diesem ganzen Chaos hier?

WELK

33

Kapitel 11

Gift?

Ja, genau.
Es verschwindet zwar
rasch wieder, aber in
gewissen Dosen kann
es für Menschen
tödlich sein.

Und was
Besseres als diese
Wespengeschichte
ist dir nicht
eingefallen?

Tut mir
leid...

Ein giftiger
Drache... Davon
habe ich noch nie
gehört.

Ich habe mich letztens also doch nicht getäuscht.

Ich habe auch davor schon so eine giftige Aura wahrgenommen.

Vielleicht ist das Gift dafür gedacht, seine Beute zu paralysieren...

Ich denke, du solltest eine schnelle Entscheidung treffen.

Und zwar, ob es sich hier um einen Drachen oder einen Mara* handelt.

* ein Dämon

Heegeon.

Was soll ich hier denn entscheiden?

Wir sind so weit gekommen, dass es jetzt egal ist, ob es sich um eine Schlange oder einen Drachen handelt.

Bitte lass mich aufgrund der Missachtung meiner Stellung meinen Posten niederle...

Weißt du, ich habe da ein interessantes Gerücht vernommen.

Eine überaus berühmte Astrologin soll passend zum Festtag hier ihr Zelt auf dem Rummel aufschlagen.

Soll ich etwa eine Wahrsagerin aufsuchen?

Hojeong, du scheinst heute einen Todeswunsch zu verspüren.

Yeonghwa.

Ach, kannst du mich nicht wie Heegeon auch bei meinem Jugendnamen rufen?

Wer redet denn hier mit dir?

Es heißt, dass es sich um eine alte Dame handelt, die nur alle zehn Jahre auftaucht, um für die Leute in die Sterne zu sehen.

Sie behauptet auch selbst, die Hohepriesterin von Sohon zu sein.

Also nur eine senile Alte.

Sohon gibt es seit über 500 Jahren nicht mehr...

Stimmt.

Und deshalb soll es auch nichts geben, was sie nicht weiß.

Die Leute stehen Schlange für sie. Es war also nicht einfach, überhaupt an einen Termin zu kommen.

Sie ist auch berühmt für ihre Liebes-horoskope.

RASCHEL

RASCHEL

Manchmal...

... frage ich mich, was ich hier eigentlich alles mache, nur um auf den Thron zu kommen.

Mit diesem einen Thron bekommst du aber auch ganz Rahan dazu, da lohnt sich die Mühe doch.

Das schon...

In letzter Zeit scheinst du diese Mühen zu genießen. Auch heute wieder...

Ich weiß, was euch beiden Sorgen bereitet.

Aber seid unbesorgt, ich werde mich nie von persönlichen Gefühlen vom Weg abbringen lassen.

Tunk das da ein!

Urgh...

Mir geht es in letzter Zeit gar nicht gut...

Jaja, Euer Wunsch ist mir Befehl.

Suu, ich will das!

Suu...

Habe ich die Grippe? Mir ist auch dauernd so schwindelig...

Suuuu...

Mein Auge ist ganz heiß... Das brennt...

Oh Gott!!!

Verzeiht, Eure Hoheit!

Ich war kurz mit den Gedanken woanders...

WISCH

WISCH

Ja...

Aber Suryeon hat gesagt, dass ich heimlich ein bisschen essen darf, wenn du schläfst...

Heimlich...? Wieso denn das?

Ja... Weil ich nach dem Essen hier immer noch Hunger habe.

Vielleicht liegt das daran, dass Ihr im Wachstum seid?

Dann sollen die Diener mehr vorbe...

!

Urgh...

TROPF

Ich hatte schon ewig kein Nasenbluten mehr...

Eure Hoheit, bitte bleibt kurz hier sitzen, ich werde...

Suu.

43

Zeig es mir! Wisch es nicht weg!

Haah...

DRÜCK

Wie bitte?!

Ich habe die Blutung irgendwie stoppen können, aber...

SCHIEL

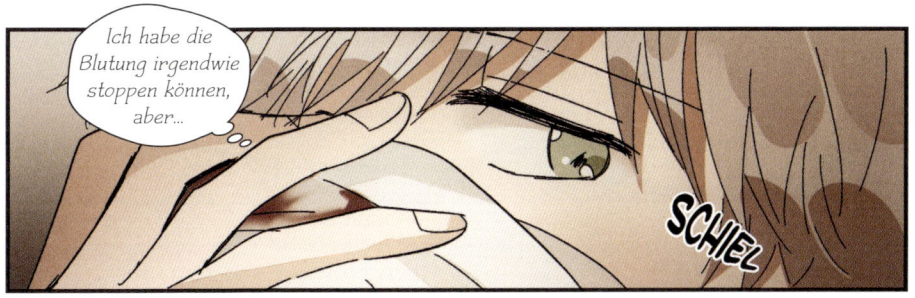

Prinz Sahara, steht doch bitte auf. Ich muss das Bett machen.

Hick...

Hick, hick...

Uhhh...

Mein Prinz, Ihr könnt doch nicht mein Bett vollsabbern...

SCHNIEF

Suu... Warum sagst du mir immer nur, was ich nicht tun soll?

Dies darf ich nicht, das darf ich nicht... Und das auch nicht...

A...Aber doch nur, weil Ihr so komische Dinge sagt!

Ihr dürft so was auf keinen Fall vor anderen Leuten sagen!

Wenn Suryeon das hätte sehen wollen, hättest du es ihm gezeigt.

Ich wollte auch Blut aus deiner Nase kommen sehen... Buhuu...

Du bist so gemein, dass du es mir nicht zeigst...

Weshalb redet Ihr denn plötzlich von Lord Jin?

Ihr amüsiert euch dauernd ohne mich...

Das war doch nur **ein einziges** Mal!

Der hat sich die letzten Tage doch gar nicht blicken lassen.

SCHWUPP

Wirklich...

Hach, meinet- wegen!

Hier, seht es Euch an!

Ich weiß wirklich nicht, weshalb Ihr so besessen davon seid...

Aber verzeiht mir doch endlich, dass ich vor ein paar Tagen ohne Euch fort bin.

Ja, das fand ich doof...

Vergesst es doch bitte endlich.

Suu, wenn du mich so anstarrst...

Oh, tut mir leid!

Pst!

Hehehe...

Aber irgendwie geniere ich mich etwas...

Ja... Ich mich auch.

Hehehe...

Ein Traum von damals...

Ah... Es ist schon ewig her, dass ich Nadan berührt habe...

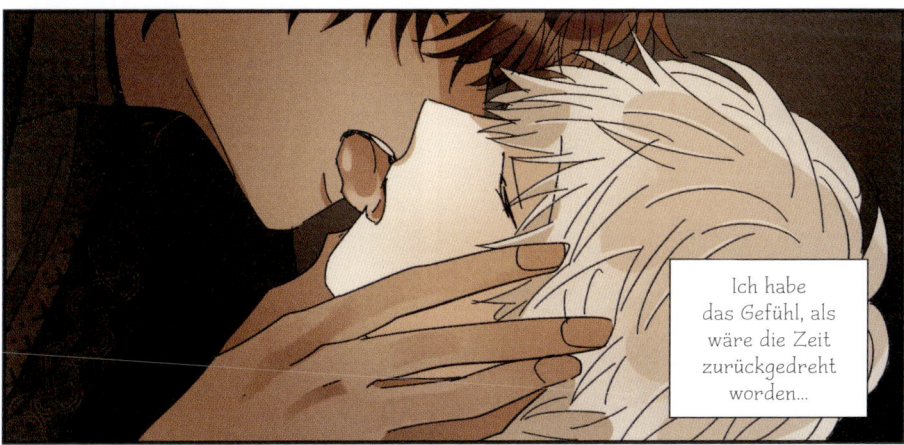

Ich habe das Gefühl, als wäre die Zeit zurückgedreht worden...

KLAMMER

Na...

Nadan...

Nadan?

53

Ich dulde gerade so Suryeon, aber da hört es auch auf.

PACK

Ich reiße mich ja schon zusammen, um Suryeon nicht einfach umzubringen.

Und das auch nur, weil du ohne ihn sofort sterben würdest.

Mehr kann ich wirklich nicht akzeptieren!

Uh...

Waaaah!!!

S... Argh!

Ahhhh!!!

POFF!

Runter von mir, du verdammter Spinner!!!

Oh Gott... Das ist doch irre... Das kann nicht sein!!!

Suu!!!

Ihr scheint Euch hier ins falsche Gemach verlaufen zu haben, aber bitte denkt daran, dass als Strafe dafür, einen Diener des Schreins geschändet zu haben, die Kastration droht...

RUMS

Wer würde denn außer Suryeon hierherkommen?

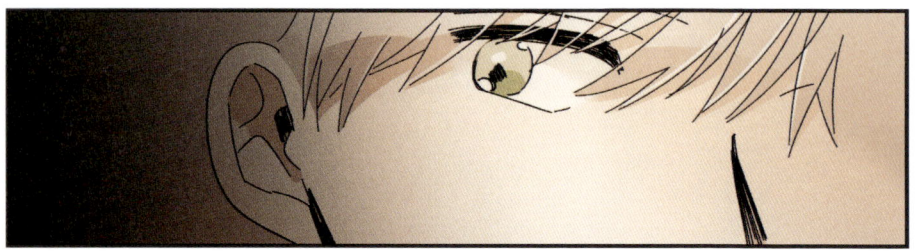

Prinz...
Sahara?

KNARZ

Prinz
Sahara, seid
Ihr hier?

Ihr seid doch nicht wirklich Prinz... Urgh!

WUMS

Ich konnte ihn nicht in seinem Gemach finden...

L...Lord Baekah!

Gott sei dank, Ihr kommt genau richtig!

Ich...!!!

Ich sehe Sahara plötzlich als Mann vor mir!!!

Suu... In Rahan werden Kinderschändern alle Fingerknöchel einzeln abgehackt...

PLUMPS

Nein... So meinte ich das gar nicht!

Also, ich meine, sein Äußeres sah wirklich...

Ich habe das eindeutig mit meinen eigenen Augen gesehen! Ich...

SCHWINDEL

Suu, alles in...

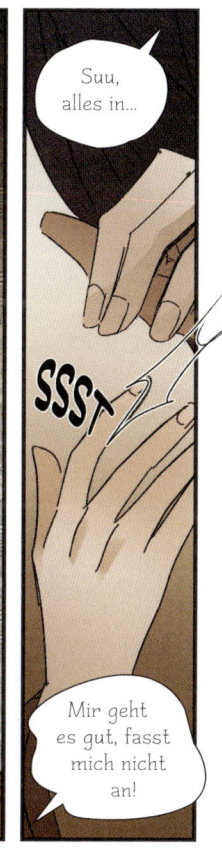

SSST

Hach, egal. Ich werde das lieber direkt Lord Jin berichten.

Er weiß sicherlich, was hier...

Mir geht es gut, fasst mich nicht an!

Ich kann auf eigenen Beinen stehen, also kümmert Euch nicht um mich.

Aber was führt Euch zu dieser Stunde überhaupt hierher?

Seine Lordschaft hat aufgetragen, Prinz Sahara zu ihm zu bringen.

Ah... Nur zu, nehmt ihn ruhig mit.

Könntet Ihr nur bitte Seiner Lordschaft ausrichten, dass ich etwas mit ihm besprechen müsste?

Ich weiß, wie beschäftigt er wegen der Vorbereitungen für das Fest ist...

... jedoch muss ich, wenn möglich, dringend noch vor dem Auftakt des Festes in zwei Tagen mit ihm reden.

Du scheinst heute ziemlich neben der Spur zu sein.

Das Fest fängt genau in diesem Moment bereits an.

Where
the
Dragon's
Rain
Falls

Kapitel 12

Heute ist bereits der Auftakt des Festes?

Ja, nach Sonnenuntergang wurden sämtliche Laternen angezündet, einschließlich jener am Schrein hier.

Das kann doch nicht sein. Ich war mir sicher, es würde erst in zwei Tagen stattfinden...

Außerdem ist es doch viel zu früh für die Laternen, wir haben ja gerade mal Mittag.

HAAHM

WÄLZ

Bitte entschuldigt mich für einen Moment.

Natürlich.

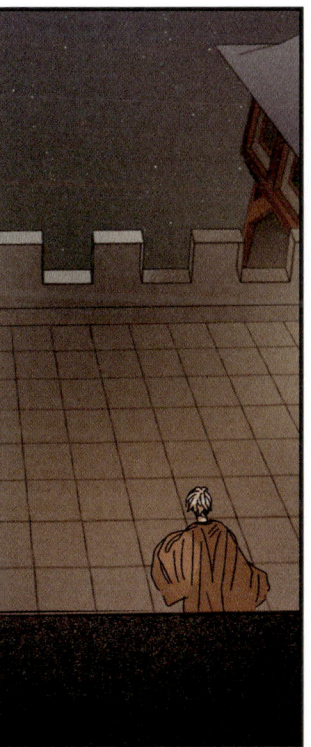

Du bist seit meiner Ankunft hier so blass.

Wenn du willst, kann ich einen Priester oder Heiler rufen lassen.

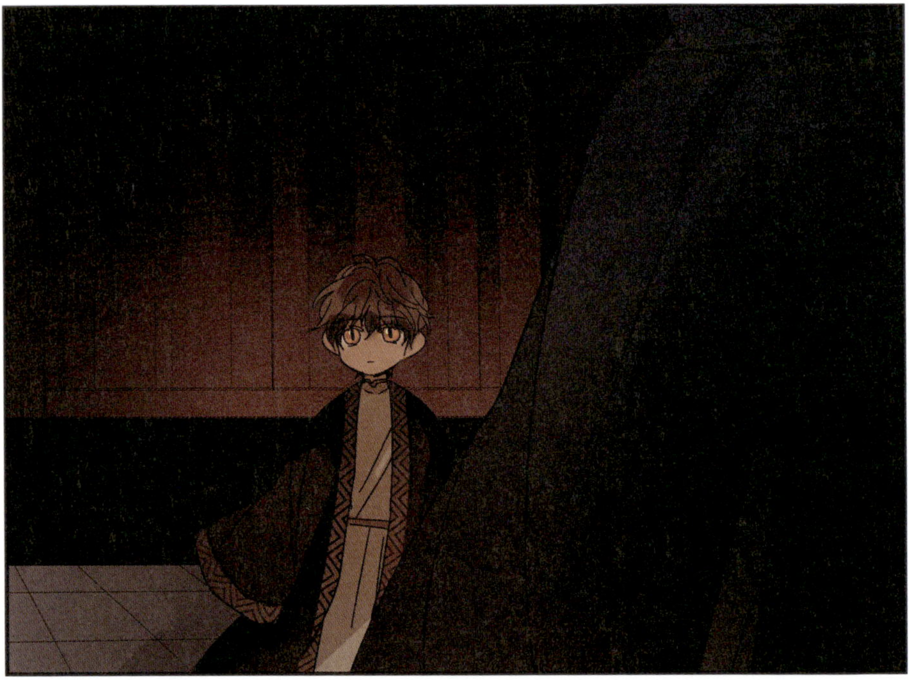
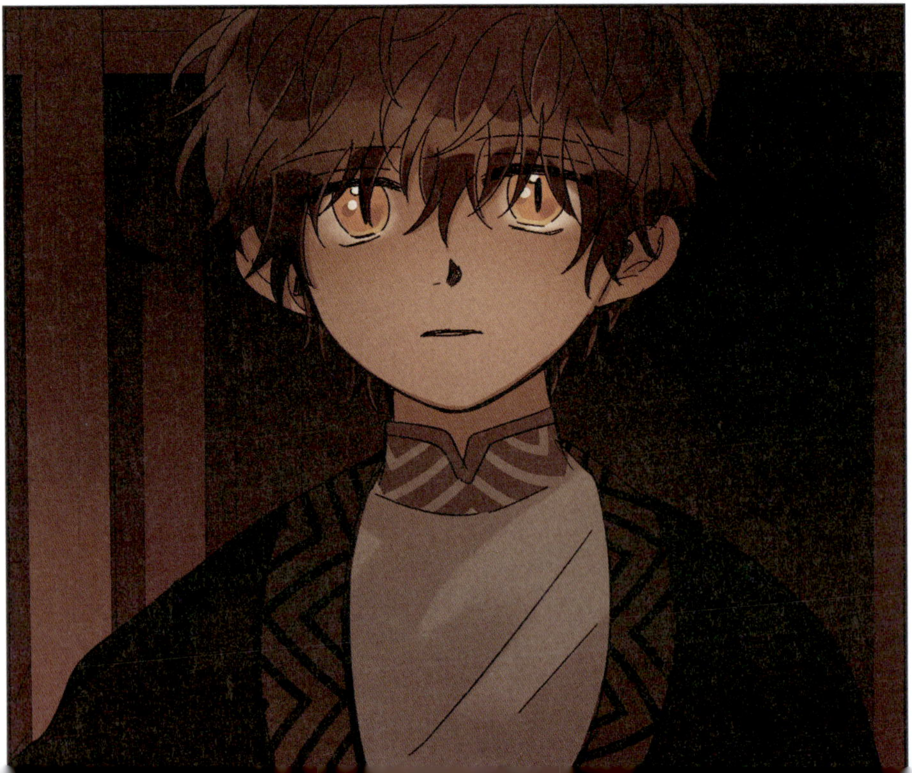

Lord Baekah.

Würdet Ihr mir bitte kräftig eine reinhauen?

Suu?!
Was ist
passiert?!

Ich
konnte ihn in
seinem derzeitigen
Zustand nicht
allein lassen.

Er ist ganz
bleich geworden und
hat Unsinn geredet,
bis er plötzlich meinte,
ich solle ihm kräftig
eine reinhauen.

Und das hast
du tatsächlich
getan?!

Das hatte
ich vor, allerdings
hat er dann von selbst
bereits Blut gespuckt
und ist ohnmächtig
geworden.

Ich
vermute,
er wurde
vergiftet.

Mach
ihn wieder
heile.

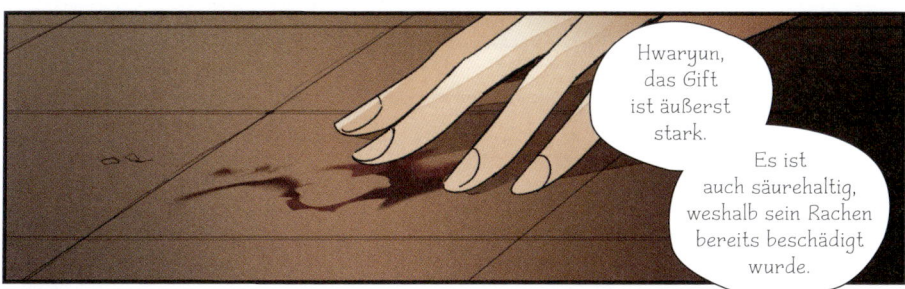

Hwaryun,
das Gift
ist äußerst
stark.

Es ist
auch säurehaltig,
weshalb sein Rachen
bereits beschädigt
wurde.

Wenn er
noch schwächer
wird, besteht die
Möglichkeit, dass er
am erbrochenen
Blut erstickt.

Das ist seltsam,
niemand im Schrein
hat etwas Auffälliges
gemeldet.

Suu, das wird jetzt etwas unangenehm...

... aber wir müssen das ganze Blut aus deinem Rachen bekommen.

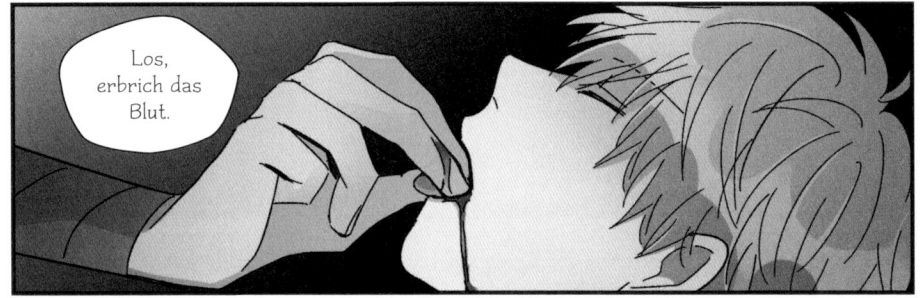

Los, erbrich das Blut.

Was ist hier los?

RUMPEL

Das tut weh.

Ich kriege keine Luft...

So ein Lärm...

Ich glaube, ich muss mich übergeben...

Alles dreht sich...

Eine Hand...

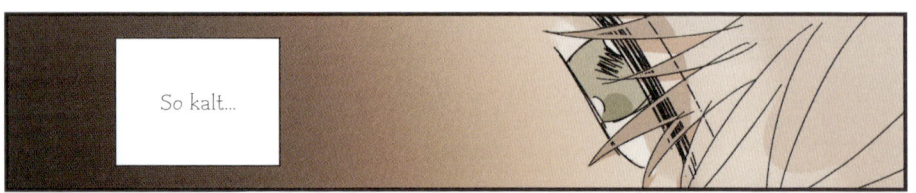

So kalt...

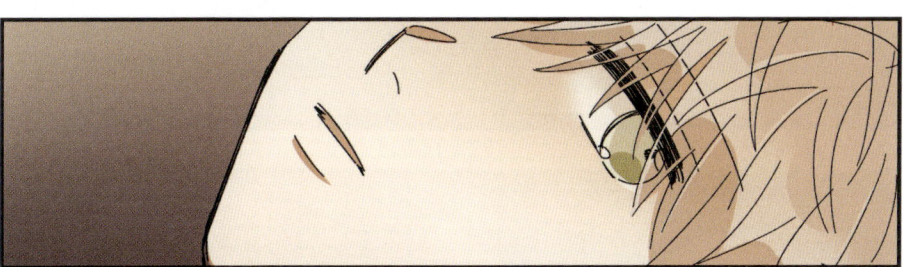

Prinz...

STREICH

Schlaf
weiter.

Wir sind noch mindestens eine Stunde unterwegs.

Ich habe auch extra angewiesen, allzu holprige Wege zu vermeiden.

Lord Jin...

Ich wollte Euch... etwas Wichtiges sagen...

Ach ja?

Was
war es
nur?

Ich kann
mich nicht
erinnern...

Wie in
aller Welt...

Suu, triff
eine weise
Wahl.

Nimm,
was ich
sage!

... bin
ich nur hier
gelandet?

Hach, die beiden
Herren haben solch
einen exquisiten
Geschmack!

...

Beide
Gewänder sind aus
einer wertvollen Seide
gemacht, die aus dem
fernen Paya am Rande
des Kontinents
stammt!

Eine Stunde zuvor

Du wirkst in letzter Zeit merkwürdig kraftlos.

Und du schläfst auch länger und öfter als sonst.

So kraftlos wie du dich dauernd fühlst, scheint es aber nicht nur eine einfache Erkältung zu sein.

Dazu kommen noch deine Erinnerungslücken, die je nach Tageszeit aufkommen.

Ganz zu schweigen von deiner Appetitlosigkeit.

S...

Stimmt! Was ist bloß in letzter Zeit mit mir los?!

Alles andere mal beiseite, kommen mir gerade diese Erinnerungslücken doch wirklich seltsam vor.

Ich erinnere mich auch überhaupt nicht daran, dem Prinzen versprochen zu haben, mir mit ihm zusammen das Fest anzusehen.

K...Könnte es sich vielleicht um D...Demenz handeln?

Ich habe gehört, dass es in seltenen Fällen auch junge Leute betreffen kann...

Ich erinnere mich auch gar nicht, wie ich in die Kutsche gestiegen bin...

ZITTER,

So etwas habe ich zuvor noch nie erlebt...

Suu, beruhige dich erst mal.

So wie ich das sehe, leidest du einfach...

... unter den Folgen der Gehirnerschütterung von letztens.

Das ist doch schon ewig her!

Das tut nichts zur Sache.

Solche Folgeerscheinungen treten meist erst später auf.

Das kann man auch bei Soldaten sehen, die quietsch-fidel vom Krieg heimkehren...

... nur um dann wenige Tage später tot umzufallen.

Passiert so was öfter?

Ja, allerdings.

Ich habe es selbst schon mehrfach miterlebt.

Ihr wart also auch schon bei einer Schlacht dabei, mein Herr?

Vor ein paar Jahren war ich mal an der Front, allerdings nicht lange.

Aber wir schweifen hier vom Thema ab.

Du solltest dich in nächster Zeit von Prinz Sahara fernhalten...

... abgesehen von deinen Grund- aufgaben, wie bei seinen Mahlzeiten und so weiter.

STARR

Der Prinz scheint noch zu jung zu sein, um sein wildes Beneh- men in Schach zu halten.

STARR

Er würde deiner Genesung also nur in die Quere kommen.

Prinz Sahara.

PACK

Arrrgh!!!

Wenn Ihr Euch während der Fahrt so aus dem Fenster lehnt, fallt Ihr noch in den Tod.

Wenn Ihr also keinen Todeswunsch hegt, setzt Euch doch bitte anständig hin und schaut nach vorn.

Suu, da du der Einzige bist, der sich um den Prinzen kümmern kann, solltest du schnellstmöglich wieder gesund werden.

Seine Hoheit mag zwar nicht viel im Köpfchen haben, dafür ist sein Sturkopf aber umso größer, weshalb er keinen anderen Diener außer dir duldet.

Urgh...

Manchmal kommt es mir so vor...

... als würde er den Prinzen absolut verabscheuen.

Ich werde ebenfalls dabei helfen.

Bis du wieder bei voller Gesundheit bist, werde ich regelmäßig deinen Puls messen.

Und wenn du willst, werde ich dich auch verarzten. Bei allen Krankheiten ist es wichtig, sie gleich zu Beginn zu behandeln.

Oh nein, Ihr müsst Euch nicht auch noch damit belasten...

KNUUUURR

Oh?! Was war das gerade?!

SCHOCK

Das Geräusch kam aus meinem Magen, Eure Hoheit.

Er meldet plötzlich Hunger an...

Steigen wir aus...

... und kümmern uns erst mal um deinen Hunger.

TAPP

Suu!!!

Ich will Suus Hand halten!

Hier.

GREIF

Ich nehme Euch an die Hand, Eure Hoheit.

Nein!!! Will nicht!!! Ich hasse dich!!!

...

Stirb!!!

KLAMMER

Dann wollen wir mal.

Ich kann ihn ruhig selbst an die Hand nehmen.

Wir sind doch hier, damit der Prinz sich amüsieren kann...

Dann gib mir deine andere Hand.

Was?!

GREIF

Wenn wir uns in diesem Getümmel verlieren, haben wir ein Problem.

Ähm... Da habt Ihr nicht ganz unrecht.

SCHMOLL

Das Fest in der Hauptstadt...

... ist wirklich prächtig.

Suu.

Das habe ich dort drüben gekauft. Probier mal.

Warum habt Ihr denn gleich so ein Riesending gekauft?!

SCHNÜFFEL

SCHNÜFFEL SCHNÜFFEL

Nun...

Wenn Ihr darauf besteht.

HAPS

?

Oh... Ich dachte eigentlich ...

... dass du das selbst in die Hand nehmen würdest.

Oh Gott, bitte verzeiht!

SCHNAPP

Guu!

Urgh...

KLEB

Solch ein Benehmen passt gar nicht zu dir.

Tut mir leid. Ich war nur so überrascht, dass Ihr Euch so um mich kümmert....

Ach, nicht der Rede wert.

Wir sollten uns jetzt erst mal um ein neues Gewand für dich kümmern.

Nicht doch! Das ist wirklich nicht nötig!

Ich möchte aber nicht mit so einem Dreckspatz gesehen werden.

...

Kapitel 13

Und so...

.. sind wir in der aktuellen Situation gelandet.

Suu, solch ein rotes Seidengewand kann einen vulgär aussehen lassen.

Suu ist auch zum Anbeißen, wenn er vulgär aussieht!

Hach, der kleine Prinz weiß gar nicht, was er da redet.

Doch!!! I...Ich bin schon ganz alt!

Träumt weiter. Hier, nehmt das.

Bitte, hört doch beide auf... Ich habe meine Wahl bereits getroffen.

Das grüne dort drüben, bitte.

...

Ach, das grüne ist auch herrlich! Das ist zurzeit total in Mode...

Die Herren Brüder... oder Freunde? Oder auch nicht... Jedenfalls seid Ihr drei wirklich umwerfende junge Herren!

Hahaha... Ihr seid ja eine wirklich tüchtige Geschäftsfrau.

Hach, nicht doch.

Ihr könnt Euch dort drüben umziehen.

Oh, Ihr seid ja bereits voll umgezogen!

Ich kenne mich mit solchen Gewändern recht gut aus.

Ach, verstehe. Meine Güte, das steht Euch ganz hervorragend!

Das verleiht Euch so einen besonnenen Eindruck, anders als es beim roten oder blauen der Fall wäre.

Suu! Du siehst voll süß aus!

Möchtet Ihr auch die anderen beiden Gewänder noch anprobieren?

Nein, danke. Das hier genügt mir.

Beeindruckend, wie du gleich solch eine unscheinbare Farbe gefunden hast.

Du siehst zwar ein wenig kindlich aus, aber insgesamt nicht schlecht.

Das liegt an dem Schnitt um die Waden, nicht wahr?

Na ja, ich muss ja nicht groß damit herumrennen...

Lasst uns langsam aufbrechen, wir müssen noch woandershin.

Wohin denn?

Das wirst du schon sehen.

Ähm, mein Herr... Ich werde Euch das Geld für die Kleidung geben, sobald wir zum Palast zurückkehren.

Sagt mir nur, wie viel Ihr bekommt.

Mach dir keine Gedanken deswegen.

Ich bitte darum. Ihr wart bereits zu freundlich zu mir.

Ich bin Euch wirklich dankbar für alles, aber es belastet mich auch, immer nur Dinge von Euch entgegenzunehmen, ohne etwas dafür zurück-geben zu können.

Bitte lasst mich also diesmal meine Schulden begleichen, um meinen Stolz zu bewahren.

Hmm... Wenn du darauf bestehst...

Ich muss sagen, du bist ganz schön argwöh-nisch.

Vielen Dank. Nennt mir bitte den Preis.

Das waren sechs Goldtaler.

Sechs... Sechs Goldtaler?! Ihr wurdet eiskalt über den Tisch gezogen!

Das Gewand ist teurer als du selbst.

Wenn Ihr für so etwas Geld übrig habt, solltet Ihr stattdessen einfach mich kaufen!

Verflixt... Kein Wunder, dass sie mir nicht ganz koscher vorkam. Wir gehen sofort zurück!

Schon gut. Die Händler möchten anlässlich des Festtages eben ihre Sachen ein wenig teurer verkaufen.

Das ist nur noch mehr Grund, so etwas Teures nicht anzunehmen.

Das belastet mich zu sehr...

Suu.

Du scheinst hier etwas misszuverstehen.

All die Dinge, die ich dir gebe, sind nichts weiter als kleiner Firlefanz für mich.

Also gibt es keinen Grund, dass du solch ein schlechtes Gewissen wegen jeder Kleinigkeit haben musst.

Oh... Nun gut. Dann danke ich recht freundlich.

Ich danke für dein Verständnis.

Suu...

Wenn du meine Hand so zerquetschst, macht das Aua.

QUETSCH

Oje, ich habe unbewusst... Bitte verzeiht!

Kleiner Firlefanz...

Nur herein.

Die Herrin wartet drinnen.

Ich führe Euch hinein.

Hm... Hier wollte er also noch vorbei?

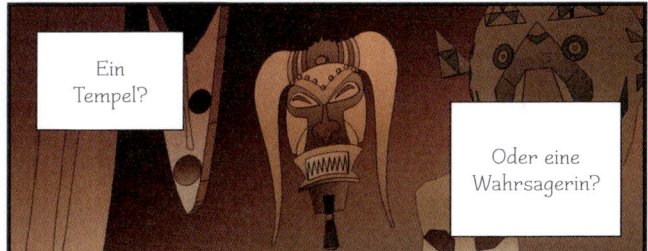

Ein Tempel?

Oder eine Wahrsagerin?

Das ist irgendwie gespenstisch hier.

Suu.

Warte bitte kurz hier.

Wie Ihr wünscht.

Bitte macht Euch auch keine Gedanken meinetwegen, falls es länger dauern sollte.

Suu, bis gleich!

Bis gleich, mein Prinz.

Will nicht gehen...

Lauft bitte anständig.

Hach, ich bin fix und fertig...

Diese Seide... Das ist kein billiges Material, jedoch ist sie bei weitem keine sechs Taler wert.

Mir wäre mein Geld zu schade dafür...

Suryeon Jin...

Er ist immer noch so schwer zu durchschauen.

Weshalb ist er nur so unnötig freundlich zu mir?

Etwa, weil der Prinz, für den er zuständig ist, so an mir hängt?

Dafür zeigt er sich aber nicht sonderlich loyal dem Prinzen gegenüber.

Oder hat er tatsächlich etwas für mich übrig?

Wobei es mir persönlich vermutlich mehr bringt...

... wenn ein Lord aus dem Hause Jin Gefallen an mir findet, statt eines machtlosen jungen Prinzen...

Schade nur, dass er nicht so leicht wie dieser Heo zu beeinflussen ist.

Hehe... Wenn man so ein langes Leben führt wie ich, erlebt man wirklich alles Mögliche...

Was für eine Ehre, solch noble Gäste zu empfangen...

Ihr seid zu freundlich zu einer alten Eule wie mir.

Ihr scheint bereits viele Besucher gehabt zu haben.

Ich war schon ewig nicht mehr in Rahan.

Es ist schön zu sehen, dass Rahan immer noch so wohl gedeiht.

Und noch größerer Ruhm und Ehre werden dieses Land ereilen, wenn Ihr erst den Thron bestiegen habt, Eure Hoheit.

Ha...

Hahahaha!

Hahahaha!

Hahahaha!

Wie vermessen von Euch, das zu sagen.

Seine Majestät, der Kaiser, weilt doch immer noch unter uns.

In der Tat, auch ich bete dafür, dass Rahans Sonne noch lange scheinen möge.

Da Ihr wisst, wer ich bin...

... werdet Ihr sicherlich auch den Grund meines Besuches kennen, oder?

Oh, Rahans Kronprinz.

Denkt daran, dass Drachen von Natur aus...

... über allen menschlichen Konzepten von Gut und Böse stehen.

Manchmal handelt es sich dabei um Maras...

... die menschenfressenden Schlangen.

Doch gibt es auch die Drachen, die Götter der Wolken...

... die Wohlstand auf die Erde herabregnen lassen.

Als die Erde aus nichts weiter als Staub und Sand bestand...

... und die Menschen ihre eigenen Nachkommen dem Himmel in einem Gebet um Regen geopfert haben...

So endet die allseits bekannte Sage.

Allerdings gibt es danach in Wahrheit noch einen weiteren Teil.

Das dauert aber lange.

Dabei kommt mir seine Lordschaft gar nicht so vor, als würde er an Wahrsagerei glauben.

Ist er viel-leicht auf einem Botengang für jemand anderen?

Hätte ich lieber vorschlagen sollen, dass ich draußen auf sie warte?

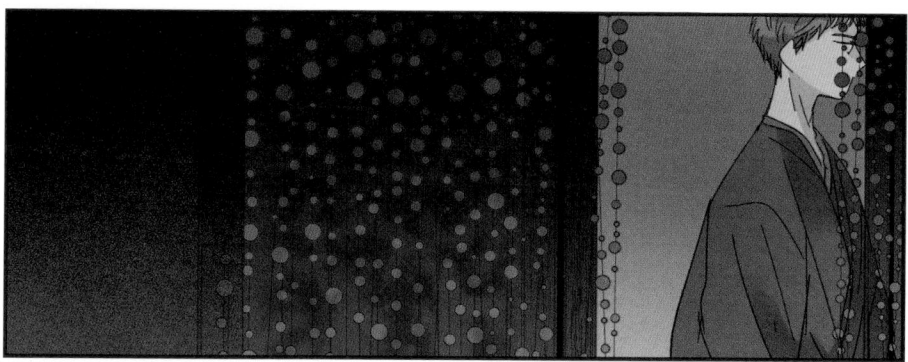

Nadan?

Da es sich bei Drachen um so launische und stolze Wesen handelt...

... konnten nicht einmal Könige, geschweige denn normale Menschen, sie gefügig machen. Nur die Götter vermögen das.

Dazu kommt noch, dass manche Drachen sich durch die Nähe der Menschen beeinflussen haben lassen und selbst ein kleinliches Begehren entwickelt haben...

... und deswegen die Geschichte der Menschheit auf den Kopf gestellt haben.

Die Göttin konnte das Leid nicht mitansehen und hat den neun Herrschern ihr eigenes Blut gegeben und ihnen damit eine unsagbare Macht verliehen.

Sie hat auch dafür gesorgt, dass ein Drache erst dann zu seiner vollkommenen Form findet, wenn er das Blut eines Herrschers trinkt.

Diese Macht, die dem königlichen Geschlecht verliehen wurde, ist...

Die Macht der Regeneration im königlichen Geschlecht erlaubt eine Koexistenz mit den Drachen.

Die Fähigkeit zur Regeneration.

Dadurch wurde das Schicksal der Herrscher und Drachen miteinander verknüpft, was wiederum den Fall und Aufstieg eines Reiches bewirkte.

Jedoch wird eine Blutlinie mit der Zeit immer weiter verdünnt...

... und es wird kaum mehr jemand mit dieser Macht in eine königliche Familie geboren. Dadurch sind auf natürliche Weise auch die Drachen immer seltener geworden.

113

Gibt es auch Fälle, in denen ein Zusammenleben von Herrscher und Drache unmöglich ist?

Ja...

Das...

Wenn man nur lange genug einen Fluch ausspricht, so kann dies geschehen.

Oh?

KLIMPER

Ist hier nicht gerade jemand reingekommen?

Oh, ich bitte um Verzeihung. Ich habe mich verirrt...

Hehe, hier kommt ja das fehlende Glied.

Oh nein, ich bin kein Besucher. Ich warte dann draußen.

Was wünscht Ihr zu wissen, junger Herr?

Sein Liebesglück.

Redet doch keinen Unsinn!

Oho!

Nein, danke! Bitte nicht. Und verzeiht, dass ich Eure Unterhaltung gestört habe.

Ihr scheint bereits eine lange Zeit mit der Person verbracht zu haben.

Und doch seid Ihr komplette Gegensätze voneinander.

Anders als Ihr besitzt er ein fragiles Herz und ist nicht sehr entschlussfreudig.

Auch die Gefühle und Werbungen eines anderen kann er nicht so leicht abweisen, weshalb Ihr einiges durchmachen müsst, junger Herr.

Ihr solltet jedoch wissen, dass diese Person Euch von Anfang an nicht gewachsen war.

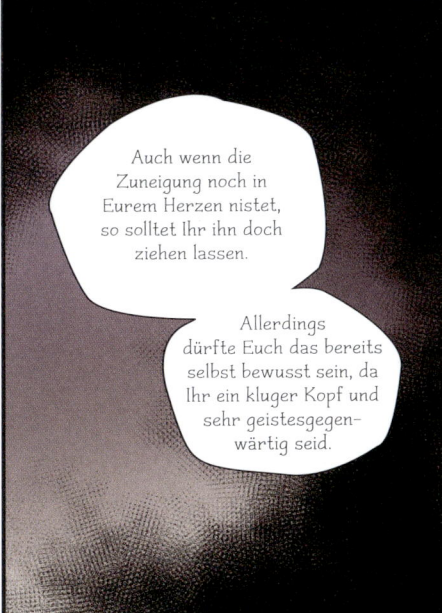

Auch wenn die Zuneigung noch in Eurem Herzen nistet, so solltet Ihr ihn doch ziehen lassen.

Allerdings dürfte Euch das bereits selbst bewusst sein, da Ihr ein kluger Kopf und sehr geistesgegenwärtig seid.

Ihr wisst bereits, dass Eure Beziehung zu der Person schon vor langer Zeit einen düsteren Pfad eingeschlagen hat.

GREIF

KLIRR

Halt den Mund.

Where
the
Dragon's
Rain
Falls

Kapitel 14

BRÖCKEL

Bitte entschuldigt, mein Herr.

Ich werde draußen auf Euch warten.

Jaja.

Suu... Du machst mir Angst...

Nadan.

Manchmal habe ich das Gefühl...

... als wärst du mit dem Leben hier zufrieden.

Ich...

Was...

... mache ich hier eigentlich?

!

Hmpf!!!

Ach, hatte ich doch recht.

Ich war mir erst nicht sicher, aber du bist es wirklich.

Du bist so anders gekleidet als sonst, daher hätte ich dich fast nicht erkannt.

Lass ihn los.

Khoff!!!

Lange nicht gesehen, Suu.

STREICH

Du siehst
um einiges
besser aus als bei
unserer letzten
Begegnung.

Ed...

Edle
Konkubine?

Was macht
Ihr denn
außerhalb
des...

Aber
sag mal,
Suu...

Wer ist denn der kleine Junge da?

Wer bist du?! Geh weg! Pfui!

Kennst du ihn? Ich habe ihn gar nicht ge-sehen, so klein wie er ist.

Oh, verdammt, wo kommt er denn jetzt her?!

Suu, deine Antwort lässt ganz schön auf sich warten.

Hä?

Erkennt sie den Prinzen denn nicht?

Ich habe gefragt, wer du bist!

Ich...

Weg mit dir!

TSCHACK

Aua!!!

... kenne den Jungen nicht.

PLUMPS

Ich weiß selbst nicht, seit wann er mir schon folgt.

...

Ach ja? Aber der Knabe hat irgendwas Seltsames an sich.

Edle Konkubine, mit Verlaub...

... Ihr solltet lieber von hier fort, falls er irgendwas Faules im Sinn hat.

Ach, ich soll vor einem kleinen Knaben flüchten?

Bring den Jungen um.

Jawohl.

PACK

Ahhh!!!

Nein, lass nur.

Ich sollte keinem Kind Leid zufügen, wenn ich doch selbst eines in mir trage.

STRECK

Suu, du weißt doch, dass ich nur gescherzt habe, oder?

Du weißt ja, dass mich so etwas amüsiert.

ZITTER

Bring den Knaben an einen geeigneten Ort und komm dann zurück.

Ach, und gib dem armen Kleinen noch etwas zu essen aus, er muss ja ganz verschreckt sein.

Wollt Ihr ihm gar nicht folgen?

Nein, das trifft sich sogar ganz gut, denn ich wollte Euch nur für den Fall noch etwas fragen... Unter vier Augen.

Wisst Ihr, wie man einen Drachen tötet?

Und?

Hast du das Treten gerade gespürt? Unglaublich, nicht wahr?

Ja, das ist wirklich... unglaublich.

Ihr seid ja mit Glück gesegnet, da werdet Ihr bestimmt ein gesundes kaiserliches Kind zur Welt bringen.

Glück? Ich?

Hätte eine vom Glück gesegnete Frau bereits zwei Fehlgeburten hinter sich?

Ich bin auch jetzt nur heimlich rausgeschlichen, weil Aran eine Verabredung außerhalb des Palastes hatte.

Weißt du, ich habe gehört, dass eine über den ganzen Kontinent hinweg berühmte Wahrsagerin hier verweilt.

Sie ist wie auf Geisterfüßen unterwegs, deswegen ist sie sonst nur schwer zu treffen.

Da es nicht schaden kann, habe ich sie aufgesucht.

Und ich muss dir sagen, sie ist wirklich keine Quacksalberin.

Weißt du, was sie mir gesagt hat?

Dass sich ein Drache in meinem Besitz befindet.

Na ja, um genau zu sein, ist es kein Drache, den ich besitze.

Aber sie meint damit wohl das, was ich in meinen Brauch trage, oder?

Was denkst du, Suu?

Glaubst du, dass Drachen wirklich existieren?

Hahaha, schon gut, schon gut!

Wer in der heutigen Zeit betet denn noch für die Niederkunft eines Drachen, außer der kaiserlichen Familie selbst?

Aber...

... kennst du den Knaben von vorhin wirklich nicht?

Haah...

Haah...

Haah...

Haah...

Argh, pass doch auf!

STOSS

Pass doch selbst auf!

Was zur...?!

Lass nur. Gehen wir lieber, er sieht eh nicht wie ein Rahaner aus.

Es ist schließlich nicht das erste Mal, dass du von verschiedenen Händen gefüttert wirst.

HAAH

Wo ist er nur hin?

Ach, mir ist das gleich.

Solange du nicht für meine Feinde arbeitest, mische ich mich nicht in deine Arbeit ein.

Aber wenn unser sonst so schlauer Suu mich belügt...

... frage ich lieber doch noch mal nach, da es mich sehr wohl etwas anzugehen scheint.

Ich tue das aber nur, weil ich dich so schätze, Suu.

Haah...

Prinz
Sahara.

Der 14. Prinz,
der gerade im
Schrein gepflegt
wird?

Aber sollte der
nicht stumm und taub
sein? So sah er mir hier
gar nicht aus.

Ich weiß auch nichts
Genaueres. Ich habe ihn
in den Ställen zum ersten
Mal gesehen...

Den 14. Prinzen habe ich selbst auch noch nie gesehen... Seine Mutter, Lady Min, steht im Harem auch recht weit unten...

Um die Würde der kaiserlichen Familie aufrechtzuerhalten, scheint er bei keinen offiziellen Anlässen auftreten zu dürfen.

Außerdem ist er vor meiner Zeit hier geboren. Damals war Lady Hyeon noch in ihrer Blütezeit...

Deshalb habe ich ihn in Ruhe gelassen, weil er meine Mühen nicht wert war.

Aber Lady Min scheint ganz schön gerissen zu sein, dass sie ihn unter dem Vorwand einer körperlichen Beeinträchtigung versteckt.

Und selbst der dümmste Prinz kann zu einer Gefahr werden, wenn er eine gewitzte Mutter hinter sich hat.

Danke, dass du mir davon erzählt hast, Suu.

Ich werde schon bald eine weitere Aufgabe für dich haben.

Suu!

Eure Hoheit, geht es Euch gut?

Suu! Woher wusstest du, dass ich hier bin?

Wie?

Bin ich jetzt dran mit Suchen?

Der Mann vorhin hat gesagt, dass wir Verstecken spielen!

Ich spiele das zum ersten Mal, das macht echt Spaß!

Ich freue mich, dass du das denkst...

Aber beim nächsten Mal will ich der Sucher sein!

Das Warten ist doof...

Oh!!! Suu, sieh mal, das hier habe ich für dich...

Prinz Sahara.

Wie konntet Ihr einfach von dort wegrennen?

Wisst Ihr denn nicht, wer das war?!

Wieso seid Ihr nur so blind?!

Wisst Ihr überhaupt, in was für eine Gefahr Ihr Euch gebracht habt?!

Also echt... Wenn Ihr unbedingt sterben wollt, dann tut das doch bitte still und leise irgendwo ganz weit weg!

Wenn Ihr schon mit so einem Titel auf die Welt gekommen seid, müsst Ihr doch wenigstens ein Gespür für Gefahr besitzen, oder nicht?

Hach, das ist doch echt unfassbar...

Suu.

141

Ich habe das gekauft, um es dir zu geben, wenn du mich findest!

Seit vorhin hat dein Bauch doch so komisch Grumm, Grumm gemacht!

Das habe ich gut gemacht, oder?

Suu.

Hab ich dich gefunden.

Ihr zwei habt Euch ja ganz schön weit entfernt.

Ich freue mich aber, dass du derweil wieder besserer Stimmung bist.

Lomm Schin (Lord Jin).

MAMPF

Ich habe mir Sorgen gemacht, weil du einfach so abgedampft bist.

Oh... Fud mi leid...

Aber das mal beiseite, das hier ist echt wunderschön.

Wie bitte?!

Wow!

Das sind ja schwimmende Lotuslaternen!

Wie schön!

Wollen wir dann langsam zurück?

Kapitel 15

Ich möchte gern einen Blick in den kaiserlichen Schrein werfen, wäre das möglich?

Lady So, der Schrein ist ein heiliger Rückzugsort, in dem selbst der Kaiser nicht viel zu sagen hat.

Außerdem steht der Schrein immer noch unter dem Einfluss des Kronprinzen, weshalb wir ihm einen Grund zum Angriff geben könnten, sollten wir dort eindringen.

Aber denk an die glücklichen Anzeichen eines Draches und auch den Aufenthalt des 14. Prinzen dort...

Der Kronprinz selbst wurde auch von der Leiterin des Schreins großgezogen und er verhält sich in letzter Zeit so auffällig ruhig...

Letztendlich laufen alle Fäden beim Schrein zusammen.

PLATSCH

Ich gebe zu, wie merkwürdig es ist, dass der machtlose 14. Prinz ohne die Erlaubnis seiner Majestät im Schrein verweilt.

Aber da Suu dort momentan arbeitet, denke ich, dass wir lieber ihn als Spion benutzen sollten...

Ich weiß nicht... Zuvor wäre das möglich gewesen, aber jetzt bin ich mir Suus Loyalität nicht mehr so sicher.

Er kommt mir irgendwie anders vor, fast so, als wäre er weich geworden.

Na ja, mittlerweile wird er vermutlich genug Geld zusammenhaben und nur noch auf eine Gelegenheit warten, um Rahan zu verlassen.

Er wird jetzt alles tunlichst vermeiden wollen, was ihn selbst in Gefahr bringen könnte.

Das ist mir schon bei seinem letzten Auftrag aufgefallen.

Lady So.

Es gibt zwei Arten von Gefühlen, die einen Menschen am einfachsten beeinflussen können.

Eines davon ist natürlich Liebe...

... und das andere der Durst nach Rache, wenn einem diese Liebe genommen wird.

Er sollte bei der festlichen Jagd am besten nah am Kronprinzen dranbleiben.

Ihr werdet nicht enttäuscht sein.

Und noch etwas...

Mach dich unbemerkt auf die Suche nach einem nützlichen Priester. Geh dabei aber mit äußerster Vorsicht vor.

Lady So, Ihr wollt doch nicht...

Oh doch, ich möchte das auch einmal versuchen.

Das Ritual zum Regen-machen.

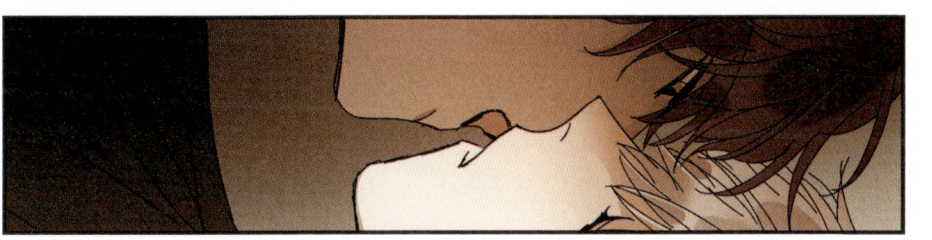

SCHLAPP

Ts...

Das reicht mir bei Weitem noch nicht...

Mehr geht nicht.

Wenn ich so weitermache, verliere ich wirklich noch den Verstand.

Ich bekomme kaum ein Auge zu und selbst wenn, höre ich immerzu die Jubelrufe der Menge.

Du siehst wirklich etwas erschöpft aus. Ich werde die Ältesten bald um eine Pause für dich bitten.

Nicht sofort jedoch, da noch Termine anstehen...

Nein, ich möchte mit niemandem mehr kämpfen.

Am Anfang dachte ich noch, du hättest recht und ich müsste mich nicht schuldig fühlen, da es sich bei meinen Gegnern nur um Wilde oder Verbrecher handelt...

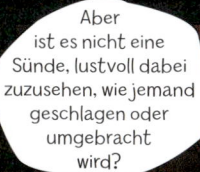

Aber ist es nicht eine Sünde, lustvoll dabei zuzusehen, wie jemand geschlagen oder umgebracht wird?

Gibt es überhaupt jemanden, der in der Arena nicht zum wilden Biest wird?

Auch wenn sie eine andere Sprache sprechen, so kann ich doch ihre Furcht erkennen...

Wenn ich merke, dass mein Gegner nicht einmal die Grundlagen des Kampfes erlernt hat...

Nadan!!! Jetzt ist nicht die Zeit, andere zu bemitleiden! Denk lieber erst mal an dich selbst!

Glaubst du, dass jeder einfach so zum Kämpfer werden könnte? Weißt du überhaupt, wie viele Sklaven es auf deinen Platz abgesehen haben?!

Und wie viel Mühe ich da reingesteckt habe, dich auf diesen Platz zu...

Ich habe dich nie darum gebeten!!!

Letztendlich nutzt du mich doch auch nur aus!

Oh...

In mir muss sich ja gerade einiges an Frustration angestaut haben...

Irgendwie habe ich in letzter Zeit dauernd Träume von vergangenen Tagen...

Oder nein, um genauer zu sein, sind das alles Träume von Nadan...

Hm?

Das Gewand kenne ich gar nicht...

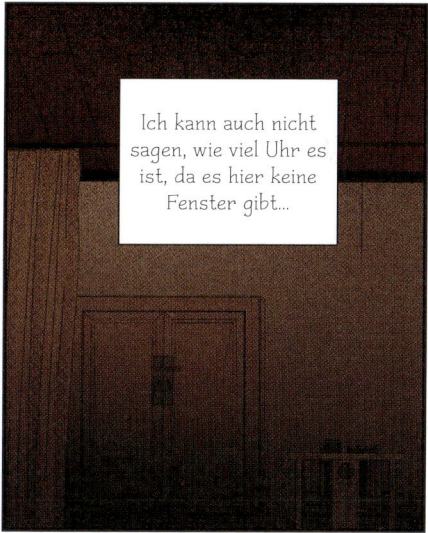

Ich kann auch nicht sagen, wie viel Uhr es ist, da es hier keine Fenster gibt...

Ich wurde in einen anderen Teil des Schreins gebracht...

Na ja, vielleicht liegt das daran, dass ich so oft in verschiedenen Kammern geschlafen habe.

In meinem Mund sticht etwas...

Wir haben auch in der Nacht, als wir vom Fest zurückkamen, direkt unsere Gemächer gewechselt...

... da sich hinter dem Wandschirm zwei Leichen befunden haben.

Die Leichen waren seltsam verschrumpelt und ausgetrocknet...

Suu, ich werde den Prinzen zu Bett bringen.

Du hattest heute auch einen langen Tag, also geh und ruh dich aus.

Was machst... Oh.

Ihren Gewändern nach handelt es sich um die Diener, die uns täglich das Essen gebracht haben.

Soll das eine Warnung der edlen Konkubine sein?

Hast du sie umgebracht, Suu?

Oder...

Ist das wirklich der richtige Moment für Scherze?

Ich frage nur, weil du beim Anblick der Leichen nicht mal mit der Wimper gezuckt hast.

Der Prinz, den Ihr beschützen sollt, befindet sich gerade in Gefahr.

Ach, ein, zwei Leichen in den Gemächern eines Prinzen sind ganz normal.

»Du weißt doch bestimmt auch, was zurzeit im Palast abgeht.«

»Jedenfalls sollten wir euch beide umquartieren, bis die Sache geklärt ist.«

Und selbst bei diesen Worten hat er gelacht, als ob nichts Besonderes passiert wäre...

Jedenfalls stimme ich zu, dass eine Umquartierung das Beste ist...

Erst diese komische Wespenattacke, und dann haben wir auch noch die Aufmerksamkeit der edlen Konkubine auf uns gezogen...

Ich bekomme langsam das Gefühl, dass ich hier viel zu tief mit reingezogen werde...

Ich muss ihn überzeugen, mich nach dem letzten Festtag wieder zurück zum Harem zu schicken...

Aber warum sollen denn jetzt auch noch zusätzliche Wachen zur festlichen Jagd abbestellt werden?

Wir haben doch schon genug im Quartier der Prinzessin zu tun.

Da diesmal wohl auch die Leute des Kronprinzen teilnehmen werden, gibt es nicht genug Helfer.

Aber wir werden als Treiber eingesetzt! Peinlicher geht es nicht!

Die festliche Jagd?

Ja, heute Morgen kam jemand mit der Botschaft herbeigeeilt.

Na ja, das bedeutet für uns nur, dass wir Pferden hinterherlaufen, kostbare Pfeile einsammeln und die Beute in Richtung der Jäger treiben müssen.

SCHWING

KLATSCH

KLATSCH

ZUCK

Der ist schon wieder hinüber...

Natürlich... Wenn ihr so darauf ein- drescht.

Das macht keinen Spaß...

Seit wir in den Keller gezogen sind, gibt es nicht mehr viele Spiel- möglichkeiten.

Suu, lass uns Verstecken spielen!!!

Nein, Ihr schikaniert sonst nur wieder die Diener, damit sie Euch mein Versteck verraten.

Du bist so ein Spielver- derber!

Hui, woher wisst Ihr das denn?

Unser werter Prinz ist eben wirklich ein schlaues Köpfchen!

Mach dich nicht über mich lustig!

Das mache ich doch gar nicht. Wie könnte ich mich denn über Euch lustig machen, wenn ich Eure Schlauheit lobe?

ZAPPEL

ZAPPEL

Argh!!!

Das macht keinen Spaß!!!

SCHMEISS

SCHEPPER

Waah!!!

Eure Hoheit! Was soll denn das?!

Ihr könntet Euch dabei doch verletzen!

Aber...

Ich bin sauer...

Wieso seid Ihr denn heute so am Rum- jammern?!

...

Suu...

KNUDDEL

Suu...
Mein Kopf
macht Aua...

Seit
vorhin
schon...

Kommt
mit, ich bringe
Euch ins
Bett.

Es wird eh
Zeit für Euren
Mittagsschlaf.

Ja...

Eure Hoheit...

... auch Euren Bediensteten gegenüber müsst Ihr Euch bedacht verhalten.

Aber meine Mutter hat gesagt...

Gerade finden auch die Festtage statt und Ihr seid außerhalb Eures Palastes, da solltet Ihr nur noch mehr auf der Hut sein.

Ihr könnt sie nicht einfach schlagen, nur weil Euch ihr Anblick nervt. Versteht Ihr?

Eure Hoheit, es besteht ein himmelweiter Unterschied zwischen dem mütterlichen Schutz in Eurem eigenen Palast und diesem Ort hier!

Fühlt Ihr Euch vielleicht nicht gut?

Fieber habt Ihr keines... Ich werde Lord Jin bitten, nach Euch zu sehen, wenn er kommt.

Suryeon war vorhin schon hier.

Vorhin?! Etwa im Morgengrauen?!

Er hat dich einfach betatscht, während du geschlafen hast. Dein Handgelenk und auch an anderen Stellen.

Mein Handgelenk?

Ach, er hat meinen Puls gemessen...

Hat er nicht gesagt, dass er während der Festlichkeiten zu beschäftigt sein wird?

Eure Hoheit.

Was für ein Herr ist denn unser Lord Jin?

Warum willst du das wissen, Suu?

Ich bin nur neugierig, wie Ihr beide zusammengefunden habt.

Ist er verheiratet? Rahans Wachen scheinen hier ja recht jung zu heiraten...

Ich...

... kenne Suryeon seit seiner Kindheit.

Als Lord Jin ein Kind war, wart Ihr doch noch gar nicht auf der Welt!

Ja, aber... ich kannte ihn trotzdem.

Als er noch jung war...

... war er oft sehr auf- gebracht.

166

Eure Majestät, wie ich gehört habe, ist die edle Konkubine vor einer Stunde etwa in ihren Palast zurückgekehrt.

Da sie mit Kind ist, muss sie Vorsicht walten lassen.

Sie... ist also weg...

Wer bist dann du?

SCHIEB

Ich bin Kronprinz Hwaryun, Vater.

Kronprinz? Aber der Kronprinz ist doch...

Wurde seine Medizin geändert?

Ja, Eure Hoheit. Der Heiler, den die edle Konkubine vorhin mitgebracht hat, hat ein paar kleine Änderungen verschrieben.

Ah...

Mein Sohn...

Wie konnte er mich nur so herzlos verlassen...?

ZACK

Wie konnte er seinen alten Vater nur zurücklassen...

... um den Tod seines eigenen Sohnes mitzuerleben? Wie herzlos...

Ihr scheint müde zu sein, daher werde ich mich jetzt zurückziehen.

Du da, zünde noch mehr Rauchhölzer an.

Jawohl, Eure Hoheit.

Vater, ich werde meine Beute von der morgigen Jagd allein dir darbieten.

Ich hoffe, dass dich das etwas aufmuntern kann.

Die Jagd sollte eigentlich weiter weg stattfinden, wird jetzt aber direkt in den Bergen hinter dem Schrein abgehalten.

Das wird ein Versuch sein, die Würde des Schreins zu schänden. Die Hohepriesterin des Schreins ist ja auch schon lang verstorben.

Wie auch immer, es ist wirklich lange her, dass wir dort waren.

Erinnert ihr zwei euch noch daran, wie wir uns in die Berge verkrochen haben, um den Augen der Hohepriester zu entgehen?

Seid gegrüßt, Kronprinz.

Ich habe schon lange nicht mehr sein Gesicht gesehen.

Er lässt sich ja kaum irgendwo blicken...

Und dann hat er auch noch so viel Zeit in den Grenzgebieten verbracht, dass einige Palastdiener ihn gar nicht erkennen.

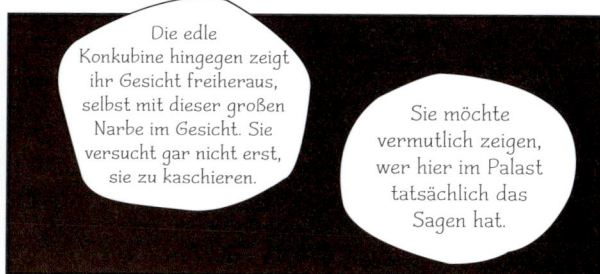

Die edle Konkubine hingegen zeigt ihr Gesicht freiheraus, selbst mit dieser großen Narbe im Gesicht. Sie versucht gar nicht erst, sie zu kaschieren.

Sie möchte vermutlich zeigen, wer hier im Palast tatsächlich das Sagen hat.

Du solltest dich lieber auch langsam auf die Zukunft vorbereiten.

Ich habe gehört, dass viele Leute vor den Palastmauern Schlange stehen, um den Vater der edlen Konkubine zu treffen.

Im Moment ist jedoch immer noch Prinz Hwaryun der Kronprinz.

Die Gerüchte sprechen aber nicht zu seinen Gunsten.

Der Kaiser soll, noch bevor er krank geworden ist, ein Schriftstück verfasst haben, in dem steht, wer den Thron erben soll.

Urgh...

Allerdings ist dieses Schriftstück spurlos verschwunden.

Laut der Gerüchte soll dem Schriftstück zufolge der Kronprinz seinen Titel verlieren, was allerdings die Leute wiederum...

Ähem, hüte lieber deine Zunge.

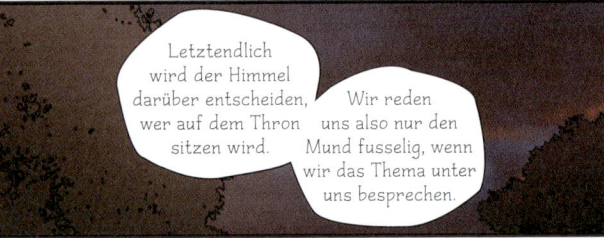

Letztendlich wird der Himmel darüber entscheiden, wer auf dem Thron sitzen wird.

Wir reden uns also nur den Mund fusselig, wenn wir das Thema unter uns besprechen.

GROLL

Where
the
Dragon's
Rain
Falls

Kapitel 16

Urgh...

Uhh...

Hrgh...

Du musst es regnen lassen.

Dann kann dir niemand mehr etwas anhaben.

Du musst
Suryeon
ebenbürtig
werden.

Aber, wenn
ich es regnen lasse,
bedeutet das
meinen Tod...

BRÖCKEL

... bist
du nur eine
Schale.

KRACKS

Schon gut,
immerhin...

Prinz!

Oh, Eure Hoheit, Ihr seid aufgewacht?

Was ist mit Euren Kopfschmerzen? Ich habe Euch extra etwas länger schlafen lassen...

Es ist ganz schön laut draußen, nicht wahr?

Hinter dem Schrein soll heute das Jagdfest stattfinden.

Diese Trommeln haben mich vorhin auch total erschreckt.

KULLER

Suu...

Huch?!

Was ist denn los?! Warum weint Ihr denn plötzlich?!

Hattet Ihr vielleicht einen Albtraum?!

Suu... Rette mich...

Wääääh!

Warum wollen die mich umbringen?

Ich habe doch gar nichts getan!!!

Euch umbringen...?

Sind das vielleicht Nachwirkungen des Treffens mit der edlen Konkubine?

Und ich habe Hunger!!! Wäääääh!

Deshalb habe ich Euch doch gestern gesagt, dass Ihr Euren Reisbrei aufessen sollt!

Aber wenn ich jetzt was esse, werde ich nur zu viel essen...

B...Beruhigt Euch erst mal und wartet kurz hier.

Es ist zwar noch keine Essenszeit, aber ich werde draußen Bescheid geben, dass sie etwas für Euch zubereiten sollen.

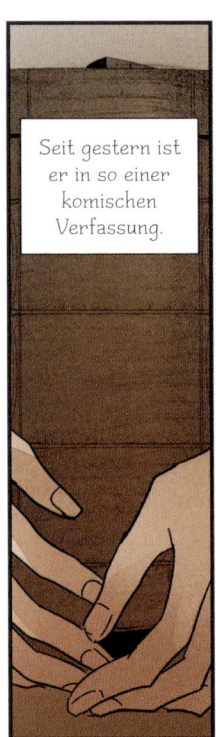

Seit gestern ist er in so einer komischen Verfassung.

Ich habe den Vorfall mit der edlen Konkubine extra nicht mehr angesprochen, weil er es nur für ein Spiel gehalten hat.

Vielleicht sollte ich ihm aber doch noch mal eintrichten, dass er lieber niemandem davon erzählen soll...

Aber wenn man einem kleinen Kind sagt, dass es etwas geheimhalten soll, dann...

Hahaha! Suu und ich haben einen Geheimnis! Das kennen nur wir zwei!!!

Oh nein!!!

?

Ich werde dir auf keinen Fall sagen, wen Suu und ich getroffen haben!

... hat das gern mal den gegeteilten Effekt.

Ich sollte das erst mal für eine Weile beobachten...

Prinz Sahara, ich bringe Euch Eure Mahlzeit.

?

Prinz Sahara...?

Selbst wenn Rahans legendärer Schütze Gong wieder von den Toten auferstehen würde, könnte er dir nicht das Wasser reichen.

FWIPP

Kriech mir nicht unnötig in den Hintern.

Du bist immer noch ein ausgezeichneter Schütze.

Jaja, ich höre schon auf.

Wir sollten langsam hinab-steigen.

Wo ist Hojeong?

Hier bin ich.

Stets zu Diensten.

Hast du gefunden, worum ich dich gebeten habe?

Das schon, aber...

Es sind weniger als gedacht.

Ich habe zwei gefunden und mir wurde von drei weiteren Kerlen berichtet.

Manche werden sich bestimmt auch als Diener verkleidet haben.

Sie scheinen sich in der Nähe der Klippe zu verstecken. Ich werde sie in eine Ecke treiben und aus dem Hinterhalt angreifen.

Geh du lieber schon mal mit Heegeon runter.

Ich werde mich um die Sache hier oben kümmern.

Und treibt mir genug Beute zusammen, das ist mir zu nervig.

Nein, ich werde mich selbst darum kümmern. Ihr beide bleibt zurück.

Urgh, du willst also den ganzen Spaß mal wieder ganz für dich allein!

Und passt auf, dass ihr keinen Schreihälsen über den Weg lauft.

Haah...

Hier... trink etwas Wasser.

Tut mir leid, meinetwegen hinken wir bereits am Anfang zurück.

Du scheinst ganz schön erschöpft zu sein. Geht es noch?

Ich bin schon von Geburt an recht schwächlich, deswegen kann ich keine langen Strecken laufen.

Dabei bin ich der älteste Sohn in meiner Familie... Meine Eltern haben es nicht leicht mit mir.

Wer hätte gedacht, dass jemand wie ich mal zum Diener des Kronprinzen werden würde...?

ZITTER

Natürlich wird es schwierig sein, den Kronprinzen umringt von all den Wachen zu erkennen...

ZITTER

... aber ich möchte ihm bestmöglichst zu Diensten sein.

Prinz Sahara?

Eure Hoheit, wo steckt Ihr nur?

Das Versteckspiel macht keinen Spaß mehr.

Wo zur Hölle ist er in der kurzen Zeit nur hin?

Er kann doch gar nicht aus diesem Stockwerk raus sein...

Sollte ich draußen Bescheid sagen?

Aber die Diener hier gucken immer so komisch und sind mir unangenehm...

Sie reden kein unnötiges Wort mit mir und scheinen generell nichts mit uns zu tun haben zu wollen...

Hach, wo ist er nur hin?

KNARZ

Oh?

Die Wand lässt sich ja ver- schieben... Ist hier eine geheime Tür versteckt?

Man erkennt kaum einen Unter- schied zur restlichen Wand, sodass es sonst gar nicht auffallen würde...

Hm, die Tür führt in einen weiteren Gang.

Ich hätte nicht gedacht, dass es auch im Schrein solche Geheimgänge gibt, wie eigentlich nur in Gerüchten zu hören ist.

Na ja, die kaiserliche Familie steigt ja manchmal selbst hier ab...

Hier ist keine Fackel erleuchtet.

Er wird doch nicht hier durchgeschlüpft sein, oder?

Ich spüre aber von irgendwoher einen Windhauch...

Ah, dachte ich es mir doch, dass es hier einen Ausgang gibt. Der Gang war wirklich elendig lang.

Ich bin wohl bei den Bergen hinter dem Schrein rausgekommen.

Es scheint aber niemand diesen Weg hier zu verwalten.

Selbst wenn der Prinz auf diesem Weg rausgeschlüpft sein sollte, wird er nicht weit gekommen sein.

Ich schaue mich lieber nur schnell um, bevor mich irgendjemand hier sieht.

Prinz Sahara!

Wenn dieses Gift richtig eingesetzt wird, hinterlässt es keinerlei Spuren.

Da mittlerweile die Todeszeit und -ursache recht gut bestimmt werden können, sind solche Mittel im Harem zurzeit heiß begehrt.

Deren Wert steigt noch aufgrund der Tatsache, dass Konkubinen nur schwierig über Apotheken oder Heiler an die Zutaten für Gift kommen.

Da selbst die kleinste Menge bereits zu einem langen und komplizierten Verschreibungsprozess führt, ist die Gefahr von Zeugen und Beweismitteln groß.

Die edle Konkubine soll nützliches Gift hauptsächlich von außerhalb des Palastes erhalten.

Wenn aber erst mal jemand tot ist, wird man nicht mehr erwischt. Es würde nämlich niemand wagen, die Leiche einer kaiserlichen Konkubine untersuchen zu lassen...

Irgendwie ironisch, dass es so schwer ist, an das Gift ranzukommen, aber sobald es erfolgreich eingesetzt wurde, ist man in Sicherheit.

Oha, hier sind ja auch welche!

Huch, und da auch!

Da drüben ebenfalls!

Hier gibt es so viele wertvolle Zutaten verschiedenster Art...

Na ja, da die Berge hier hinter dem Tempel liegen, kommt wohl kaum einer einfach so her, um sie einzusammeln.

Soll ich mich später noch mal rausschleichen, um das alles einzusammeln?

Selbst wenn ich nur einen kleinen Teil davon mitnehme und heimlich in einer Ecke meiner Kammer trocknen lasse...

Moment mal, das ist jetzt nicht die richtige Zeit für so was.

Ich sollte erst mal zurück und den Prinzen...

① GROSSE BEWEGUNGEN MACHEN, UM EINSCHÜCHTERND ZU WIRKEN.

② SICH TOTSTELLEN.

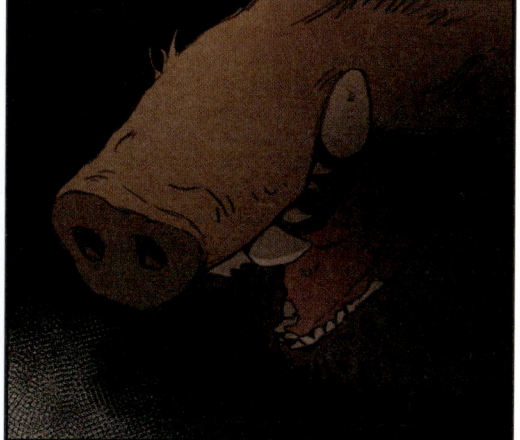

WEGREN-
NEN.

Hiek!!!

Ich erin-
nere mich nicht
daran, dir Ausgang
gewährt zu
haben.

Also was
machst du
hier?

Das kam von da drüben! Diagonal von hier aus versteckt sich jemand mit Pfeil und Bogen!!!

Kennt Ihr die Person?! Wird er mich gehen lassen, wenn ich es versuche?!

Ach, was das angeht, hinter dir befinden sich drei weitere.

Argh! Tatsächlich!!!

Und was deine Frage betrifft... eher nein. Die denken, dass du zu meiner Seite gehörst, weil du mich gerade beschützt hast.

Dann sollten wir schnellstens von hier fliehen! Hier in der Nähe findet doch auch die Jagd statt!

Ich werde hier entlang gehen, also geht Ihr...

KLAMMER

Nein, danke. Wenn wir uns aufteilen, werden sie nur mich verfolgen, da ich das eigentliche Ziel bin.

Und das ist so einsam.^^

Aber sag mal, was machst du denn eigentlich hier?

Das tut doch jetzt nichts zur Sache! Lasst mich los!

Für einen Moment dachte ich, dass auch du zu den Auftragsmördern gehörst, also ist das sehr wohl wichtig.

Urgh!

Ihr seid doch echt...! Warum sollte ich mein Leben aufs Spiel setzen, um Euch umzubringen?!

ZACK

Ich kann deren Mordgedanken im Moment zwar recht gut nachvollziehen, allerdings würde ich so was niemals tun! Das könnte ich gar nicht!!!

Dann ist ja gut. Für einen Moment...

... war ich tatsächlich verärgert.

Kapitel 17

...

Wie auch immer.

Ich frage das nur für alle Fälle, aber hast du irgendwelche Kampferfahrung?

Nein!

Dann nimm das hier.

REICH

Erstich jeden, der dir zu nahe kommt.

Der Dolch bedeutet mir recht viel, also verlier ihn nicht.

Und
nach diesen
Worten...

STECH

Ich weiß jetzt
gar nicht mehr,
wer hier der
Assassine ist.

Der hat nicht nur
Erfahrung, sondern
scheint ein richtiger
Krieger zu sein.

RAMM

Er ist ein
perfektes
Beispiel
für Rahans
Schwertkunst...

Aber das
finale Manöver
ist ein wenig...

... grobschlächtig oder fast schon mit einem Straßengangster zu vergleichen...

TRET

TSCHACK

Hier sind wir wohl fertig.

Tut mir leid, dass du warten musstest.

Schon gut... Ich habe gar nicht lange gewartet.

Ist es... wirklich in Ordnung, sie alle umzubringen?

Wie du selbst gesehen hast, handelt es sich hier um reine Selbstverteidigung.

Außerdem ist hier außer uns keine Menschenseele, hahaha!

So meinte ich das gar nicht...

Erlacht...?

Hätten wir nicht einen am Leben lassen sollen, um die Hintermänner ausfindig zu machen?

Das ist nicht nötig, ich weiß bereits, wer dahintersteckt.

Soll ich es dir verraten?

Nein, danke!

Wusste ich doch, dass du das sagst.

Hier habt Ihr jedenfalls Euren Dolch zurück.

Ich bitte kurz um Verzeihung.

Ihr könnt mich doch nicht einfach so nach Herzenslust begrabsch...

SCHNAPP

PACK

ZTSCHACK

Kargh!

Er ist zerbrochen, weil er auf dem Fels gelandet ist.

Das war längst überfällig, das Ding ist schon über ein Jahrzehnt alt.

Da kann man nichts mehr machen, also wirf ihn einfach weg.

Ihr scheint Euch ja recht schnell davon verabschieden zu können, obwohl er schon so lange in Eurem Besitz war.

Da trauere ich ja sogar mehr um ihn.

Haha, warum denkst du denn, dass ich nicht um ihn trauere?

Ich...

... zeige diese Gefühle nur nicht.

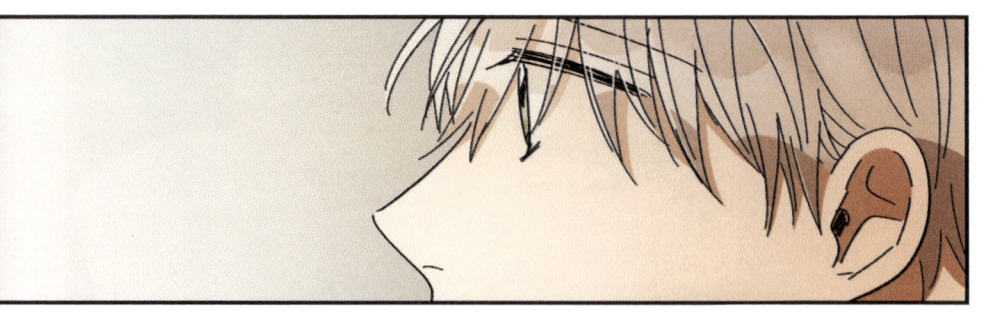

Das reicht, ich steige runter und hole ihn.

Das ist zu hoch. Du weißt ja nicht mal, wo die Leiche hingefallen ist.

Ich schaffe das schon! Ehrlich gesagt bin ich ein ziemlich guter Kletterer in Bäumen und an Felswänden.

Als ich noch jung war, habe ich Vogeleier gestohl... ich meine, gesammelt!

GREIF

Du lässt immer mehr jegliche Etikette fallen.

Ihr habt Euch ja auch die Hand verletzt...

Wenn ich merke, dass ich nicht weiterkomme, klettere ich einfach wieder hoch, also keine Sorge!

Hmm...

Er hat wohl nur großspurig dahergeredet ...

Was für eine lahme Ente.

Ich bin fast da! Wartet nur noch einen Moment!

Jaja, achte lieber darauf, wo du hintrittst. ✔

Es gibt hier weniger Vorsprünge als gedacht.

Wenn ich nur noch ein Stückchen weiter runterklettere, kann ich den Baum dort...

Argh!

KRACKS

RUMS

Suu!!!

GRINS

Puh...

WUPP

Ich
bin doch
echt...

Ist ja schön, dass ich ihn so schnell gefunden habe...

... aber verdammt, der lebt ja noch...

Wie konnte er mit dieser tödlichen Verletzung überhaupt so weit kriechen?

Ähm, ich werde nur das hier kurz an mich nehmen...

BEUG

Khoff...

Du...

... bist der Kerl, den Lady So im Harem platziert hat...

Ich... habe mich wirklich nicht getäuscht.

Aber du bist doch der Laufbursche der edlen Konkubine, also warum bist du...

... an der Seite des Kron...

Urgh!!!

SCHWUPP

Ich habe mich schon gefragt, wieso die so dreist aufge-treten sind...

Kein Wunder, wenn die edle Konkubine dahintersteckt.

Ich habe mir zwar schon gedacht, dass das Haus Jin extrem mächtig sein muss...

... aber ist Lord Jin wirklich so einflussreich, dass die edle Konkubine ihn als Gefahr ansieht?

Er treibt sich allein auf der festlichen Jagd rum, während der 14. Prinz nicht mal daran teilnimmt...

Suu.

Das beweist, dass er wirklich nicht auf der Seite des Prinzen steht. Aber in wessen Dienst steht er dann?

Wer auch immer es ist, muss zu diesem Zeitpunkt so verzweifelt sein, dass er die anderen Prinzen für sich gewinnen will...

WISCh

WISCh

Komm hier entlang, dann werde ich dich hochziehen.

Oh, gut!

HAPS

WUPP

IST BEREIT!

Mist...

Habe ich mir vorhin beim Fall den Knöchel verstaucht?

POCH

Das tut echt höllisch weh...

Nein, ich spüre keinen Schmerz... Ich spüre keinen Schmerz...

Gib mir deine Hand, Suu.

Und pass auf, dass du dir die Zunge nicht aufschlitzt.

Urgh...

Ups.

Deshalb habe ich doch gesagt, dass du aufpassen sollst.

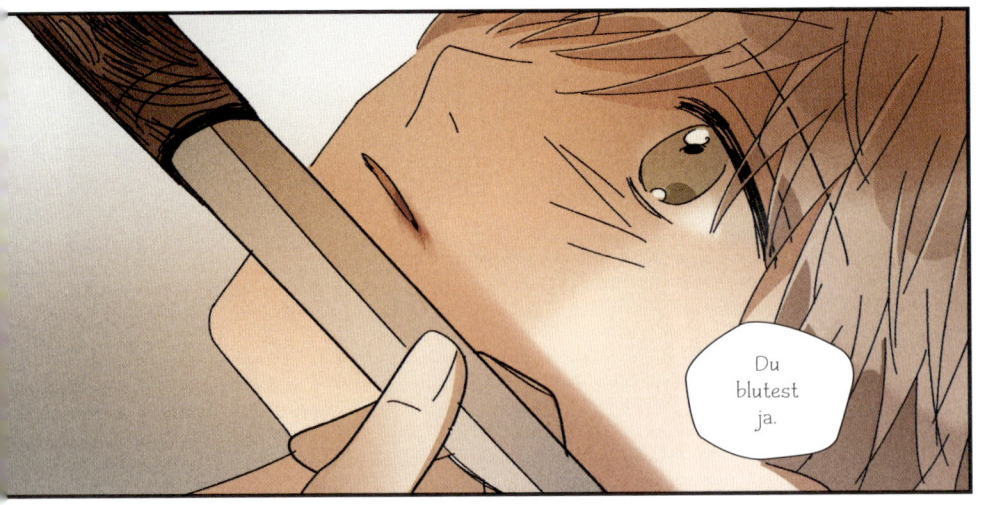

Du blutest ja.

Was machst du da?

Ich habe das Gefühl, dass ich Euch gefalle.

Aber lasst mich nur für den Fall kurz klarstellen, Ihr seid nicht der Kronprinz, oder?

Der Kronprinz? Hat der Assassine da unten das etwa behauptet?

Nein, das nicht... Wie auch immer,

Ihr seid das nicht, richtig?

HEPP

Und wenn?

Muss ich das überhaupt sagen? Dann würde ich...

... Euch natürlich nie wieder...

Berühr
du ihn doch
mal.

Mit
deiner
Hand.

Ich soll Euch
mit meiner
Hand...

Etwa
hier im
Freien?

Nein, nicht
mich, dich
selbst.

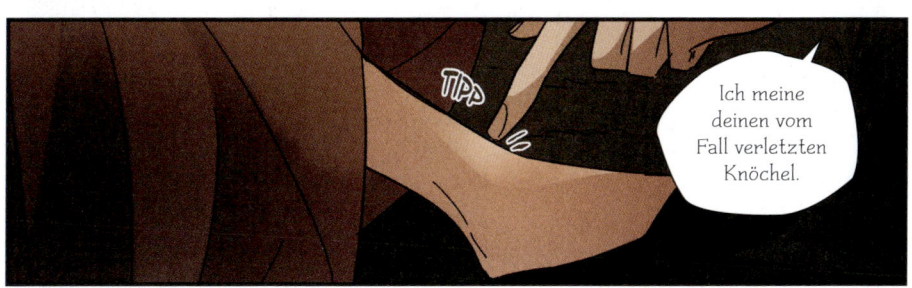

TIPP

Ich meine
deinen vom
Fall verletzten
Knöchel.

Oh, woher wisst Ihr denn von der Verletzung?

Das sieht man auf einen Blick. Aber wie ist es jetzt? Tut es noch weh?

Oh?

Fass auch mal deine Zunge an.

?

Die Wunden sind ja weg!

Haha!

Und Eure Hand?!

Ja, schau nur.

Das...

Das gibt es doch nicht.

Solch eine Heilmagie können doch nur Priester oder...

ZUCK

DRUCK

Argh...

Umpf...

Wäre ich ein Priester, würde ich kaum das hier tun können.

Und heiraten könnte ich auch nicht.

Ah, wusste ich doch, dass Ihr verheiratet seid.

SCHEB

Nun, um genau zu sein...

Ich war verheiratet, zwei Mal sogar.

Beide Frauen sind an Krankheiten gestorben.

Oh... das tut mir leid.

Habt Ihr deshalb vielleicht Heilmagie...

Du bist ja ein richtiger Romantiker.

Das ist einfach ein Teil von mir.

Da ist nichts Großartiges dran.

Das finde ich aber schon!!!

Könnt Ihr dann auch so richtig tödliche Wunden heilen?

Haha, leider nein.

Ich kann nur so kleine Dinge wie gerade eben heilen.

Und natürlich kann ich auch keine tödlichen Krankheiten heilen.

Das muss Euch ziemlich getroffen haben, gleich zwei Mal eine Frau zu verlieren.

Die Ehen wurden geschlossen, während ich auf dem Schlachtfeld war, daher kannten wir uns nicht einmal.

Als Ihr weg wart? Aber wie wurdet Ihr dann überhaupt vermählt?

Mein Gewand musste als Platzhalter herhalten.

Das Hochzeitsgewand des Bräutigams wird dabei auf seinen Platz während der Vermählung gelegt.

Für die Braut kann das allerdings ein ziemlicher Schlag ins Gesicht sein.

Manchmal sehen die Diener aus dem Haushalt des Bräutigams auf sie herab.

Das macht ihre Aufgaben als Hausherrin natürlich ziemlich schwierig.

Auch wenn beide meiner Frauen durch eine Krankheit gestorben sein sollen, kennen nur die Diener vor Ort die Wahrheit.

Ach herrje... Ich sollte lieber das Thema wechseln.

Ich wünschte, ich hätte auch so eine Begabung wie Ihr.

Dann könnte ich...

Jemand scheint wohl stark verletzt zu sein.

Wenn ich bedenke, wie erfahren du dich gerade gezeigt hast, scheint es sich um einen sehr engen Freund zu handeln.

Idiot.

Ich habe diese Gabe seit meiner Kindheit bereits verabscheut.

Ich hätte mir lieber, wie soll ich sagen...

... eine Gabe gewünscht, die mir selbst mehr bringen würde.

Aber nun sag doch mal, was machst du hier?

Und wie bist du überhaupt hinausgekommen?

Oh, es ist nur, dass hier so viele Pilze wachsen!

Pilze?

Vor denen solltest du dich in Acht nehmen, da die meisten Pilze in der Umgebung hier giftig sind.

Ein Hund, den ich früher mal hatte, ist schier daran verreck... ich meine, daran gestorben.

Du bist also rausgekommen, um Pilze zu sammeln?

Hat etwa irgendjemand gewagt, dir das aufzutragen?

Nein, nein, ich habe die Pilze nur durch Zufall entdeckt.

Ich bin eigentlich rausgekommen, weil...

Waaaah!!!

RUCK

Prinz Sahara!!!

Ich habe den Prinzen komplett vergessen!!!

Was?

Warum küsst Ihr mich auch einfach und lenkt einen viel beschäftigten Mann von seiner Arbeit ab?!

Was...?

Fluch...

Ra...

Auf
Rahan...

Eure
Hoheit.

Ich ersuche keine törichte Ehre, sondern einfach nur einen Weg zum Überleben...

... da ich mich nicht auf eine Hohepriesterin verlassen kann, die im Sterben liegt.

Ich bin Euch wirklich sehr dankbar, Euer Hochwürden.

Denn dank Euch habe ich erfahren, welche Kraft in mir steckt.

Bitte nehmt mir diese Worte nicht übel.

Ihr plant also, nicht in den Palast zurückzukehren.

Wenn Ihr jedoch Mitglieder der Häuser Han und Nara, zwei der zwölf mächtigsten Familien in Rahan, mitnehmt...

... könnten die Leute Eure Absichten an der Front missinterpretieren.

Keine Sorge, ich werde schon dafür sorgen, dass die zwei Idioten in der Hauptstadt feststecken, bevor ich gehe.

Vielleicht sollte ich meinen großen Bruder bitten, sie als Wachen für den Kronprinzen einzustellen.

Ich befürchte, sie würden dem Kronprinzen nicht allzu viel Respekt entgegenbringen.

Wobei sie das niemandem aus der kaiserlichen Familie gegenüber tun.

Auch Ihr konntet am Anfang ja ein Lied davon singen.

Es gab Zeiten, in denen Ihr wutentbrannt vor mir standet.

Ihr habt dabei behauptet, dass absolut nichts hier Euch selbst gehören würde.

Aber Ihr werdet wieder zurückkehren...

... um Euch Eurem Schicksal zu stellen.

Denn Euer Schicksal hält vielleicht das Einzige bereit, das Ihr je besitzen könnt.

Unfug.

238

Ein...

... über...

Ein
Fluch über
Rahan.

Also selbst wenn eines fernen Tages ein schlafender Drache in Rahan erwachen sollte...

... wird es kein Land mehr zu segnen geben.

Niemand wird den Drachen verehren...

KLAMMER

Fortsetzung folgt in Band 3 von Where the Dragon's Rain Falls!

PERFEKT **UNPERFEKTE** JUNGS!

PLAY it COOL, GUYS

Kokone Nata

Wer kennt sie nicht, diese kleinen peinlichen Situationen, bei denen man am liebsten im Erdboden versinken würde: Gegen eine Glastür zu laufen, mit einem falsch geknöpften Hemd vor die Tür zu gehen oder den Strohhalm zu verfehlen, wenn man gerade zum lässigen Schlürfen eines Getränks ansetzen wollte.

Doch selbst die coolsten Jungs sind nicht vor den kleinen Trottelmomenten des Alltags gefeit!

»Play it Cool, Guys« ist Urlaub für die Seele. Hier kann man sich Seite für Seite durch die episodenhaften Kapitel kichern und eine Handvoll hübscher Jungs dabei beobachten, wie sie sich durch den Alltag trotteln.

Jeder Band komplett in Farbe und mit SNS Card in 1. Auflage!

HAYABUSA
www.hayabusa-manga.de

 hayabusa_manga
 HayabusaTweets

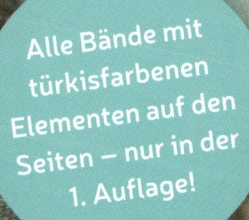

The Gender of Mona Lisa

Leben zwischen den Geschlechtern

Welches Geschlecht hat die Mona Lisa? War Leonardo da Vincis Modell wirklich eine Frau? Viele Mythen ranken sich um dieses Gemälde und man munkelt sogar, dass es beide Geschlechter in sich vereint…

Mit dieser Frage beschäftigt sich auch Hinase. Hinase lebt in einer Welt, in die alle Menschen ohne Geschlecht hineingeboren werden. Erst mit der Vollendung des zwölften Lebensjahrs entscheidet man sich, ob man ein Leben als Mann oder Frau führen möchte. Hinase ist schon 18 und hat sich immer noch nicht entschieden. Das ist für alle ein Problem, außer für Hinase…

SEIBETSU MONA LISA NO KIMI E. © Tsumuji Yoshimura/SQUARE ENIX CO., LTD.

ONE ROOM ANGEL

PREISGEKRÖNTER EINZELBAND

Kouki ist Anfang 30 und ein lustloser Loser, wie er im Buche steht. Eines Tages wird er bei einer Prügelei lebensgefährlich verletzt. Als er aus dem Krankenhaus entlassen wird und in seine Ein-Zimmer-Wohnung zurückkehrt, sitzt dort ein Engel und eröffnet ihm, dass er ab sofort bei ihm wohnen wird - warum das so ist, weiß dieser selbst nicht. Zwischen den beiden entfesselt sich eine ungewöhnliche und intensive Freundschaft – und nicht nur Kouki schöpft neuen Lebensmut...

ONE ROOM ANGEL © 2019 HARADA / SHODENSHA PUBLISHING CO., LTD.

Harada
ONE ROOM
ANGEL
HAYABUSA

Slice of Life • ab 14 Jahren
Paperback • schwarz-weiß
240 Seiten • 14,5 x 21 cm
Einzelband

HAYABUSA
www.hayabusa-manga.de

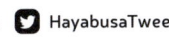

hayabusa_manga   HayabusaTweets

Blue Flag

KAITO

Der Frühling des letzten Schuljahres, ein Wendepunkt im Leben

Taichi Ichinose kommt im dritten Jahr der Highschool mit der tollpatschigen Futaba Kuze und dem Mädchenschwarm Thoma Mita in eine Klasse. Während er mit Thoma schon seit der Kindheit befreundet ist, kann er Futaba aus irgendeinem Grund nicht leiden.

Dann offenbart ihm Futaba eines Tages, dass sie in Thoma verliebt ist, und bittet ihn um Unterstützung...! Welches Gefühlschaos erwartet die drei Helden...?!

Eine Highschool-Romance der etwas anderen Art!

moving forward

Nagamu Nanaji

Ein Mädchen –
ein Lächeln – ein Blog

Kuko, 15, prescht voller Energie durch ihr Leben im malerischen Kitano-Viertel von Kobe. Sie bloggt über ihren Teenageralltag und weder ihr Vater noch ihre Freunde ahnen, was Kuko wirklich auf der Seele liegt: Die Frage nach dem Sinn des Lebens.

Leidenschaft & Freiheit! Eine starke Heldin blickt nach vorn, mit einem Lachen!

CARLSEN MANGA!

www.carlsenmanga.de

12 Jahre

Nao Maita

Wie fühlt sich wohl ein inniger Kuss an?

Hanabi geht in die sechste Klasse – erwachsen ist sie noch nicht, aber auch längst kein kleines Kind mehr! Ihr Hauptthema zurzeit: Jungs. Ziemlich unsensibel und blöd sind die ... aber, Moment mal, eigentlich auch ganz süß ... Verdammt! Ist Hanabi etwa verliebt? Und was ist mit ihrer Freundin Yui los? Sie streitet sich unentwegt mit Kazuma – etwa nach dem Motto »was sich neckt, das liebt sich«?! Als sie dann auch noch die Klassenlehrerin beim Knutschen erwischt, will Hanabi es wissen. Wie fühlt es sich an, jemanden zu küssen? Und vor allem, wie stellt man das an? Fragen über Fragen in einem ganz besonderen Alter – willkommen im turbulenten Leben einer Zwölfjährigen!

12SAl © 2013 Nao MAITA / SHOGAKUKAN

Yuki Shiwasu
Takane & Hana

Erstes Date mit Hindernissen

Weil ihre ältere Schwester sich weigert, geht die Oberschülerin Hana Nonomura als Stellvertreterin zum Omiai mit Takane Saibara, dem Erben der Firma, für die Hanas Vater arbeitet.

Takanes arrogantes Verhalten bringt Hana zum Ausrasten – doch statt Funkstille folgt etwas Unerwartetes: Takane verkündet »Du gefällst mir!« und geht mit Hana aus...!

Takanes kindische Art bringt Hana mal auf die Palme, mal zum Lachen... und manchmal findet sie sie sogar anziehend...?!

Wird dieses Omiai zu einer Beziehung führen oder nicht...?

Yuki Shiwasu · 1

Der Shojo-Comedy Hit aus Japan!

The Royal Tutor

HIGASA AKAI

My Roommate is a Cat

Story: **Minatsuki**   Art: **As Futatsuya**

Einfühlsamer Comedy-Spaß!

Der zurückgezogen lebende Mystery-Autor Subaru Mikazuki kann es gar nicht leiden, von anderen in seiner Fantasiewelt gestört zu werden.

Doch plötzlich läuft ihm eine kleine Katze zu – eine für ihn bis dahin völlig rätselhafte Existenz – und inspiriert ihn zu einem neuen Roman!

Ein unbeholfener junger Mann und ein kleiner Streuner auf der Suche nach dem gemeinsamen Glück – abwechselnd erzählt aus beiden Blickwinkeln – ein Muss für alle, die schon immer wissen wollten, was wirklich im Kopf einer Katze vorgeht!

DOKYONIN WA HIZA, TOKIDOKI, ATAMANOUE. © 2015 by Minatsuki, As Futatsuya/ Flex Comix Inc.

C Lines
2024 Carlsen Verlag GmbH * Völckersstraße 14–20 * 22765 Hamburg
Aus dem Koreanischen von Jessica Walther
WHERE THE DRAGON'S RAIN FALLS
© summer 2018 / D&C MEDIA
All rights reserved.
German edition published by arrangement with D&C MEDIA through Orange Agency.
Redaktion: Lena Dilger
Herstellung: Lena Voigt
ISBN: 978-3-551-80347-4

carlsen.de/webtoons
carlsen.lnk.to/CarlsenSocialMedia
hayabusa_manga
carlsen_manga